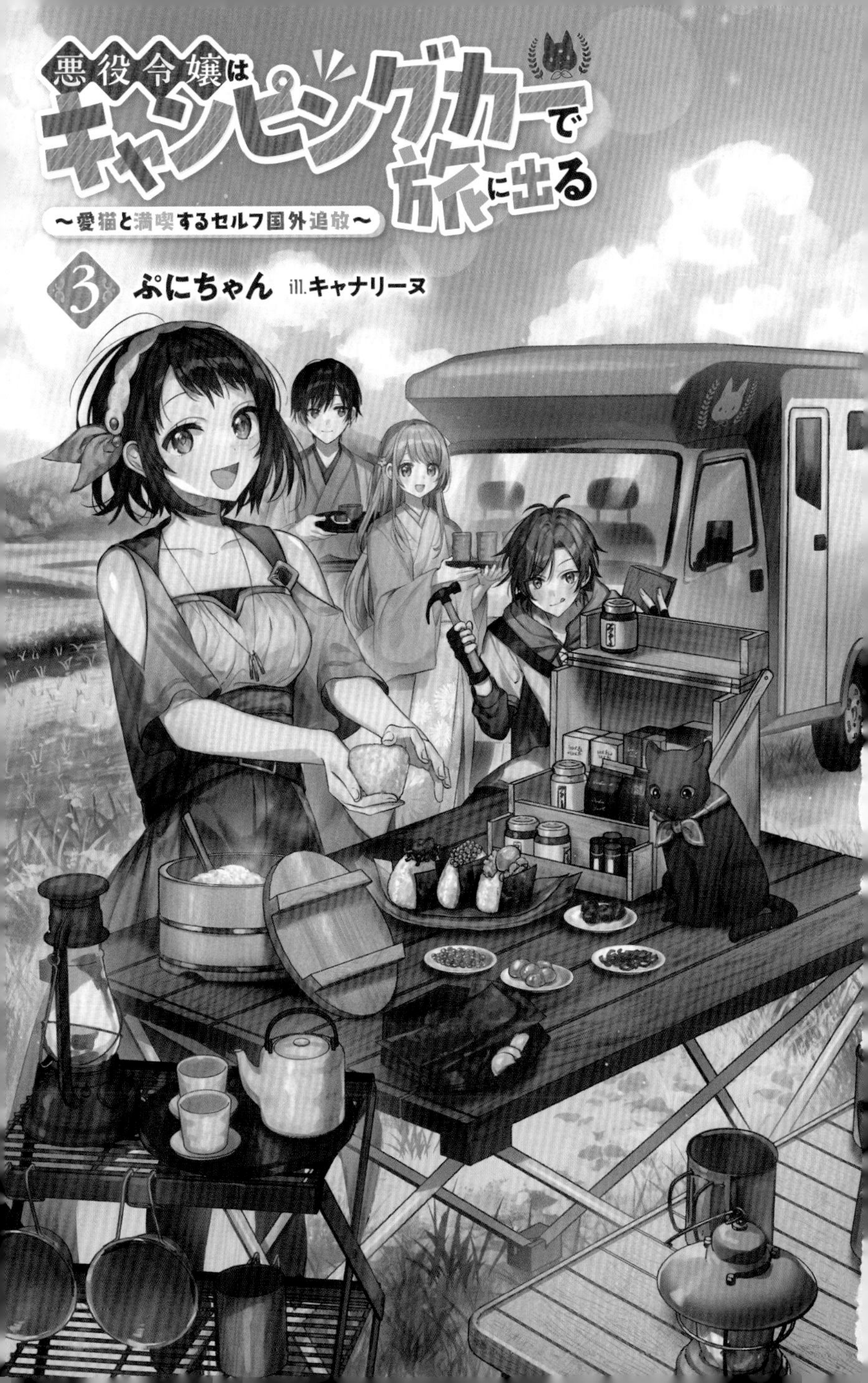
悪役令嬢はキャンピングカーで旅に出る
～愛猫と満喫するセルフ国外追放～
3
ぷにちゃん
ill.キャナリーヌ

CONTENTS

もくじ

悪役令嬢は
キャンピングカーで
旅に出る

～愛猫と満喫するセルフ国外追放～

3

ぷにちゃん

ill.キャナリーヌ

ミザリーの旅キャンルート
都
南浜村
瑞穂の国
サザ村
サラビッタの街
ヘリング王国
ロックフォレスの街
地図イラスト：今野隼史

新たな街ロックフォレス　～ソーセージのパイ生地包み～

キラリと輝く快晴。

爽やかな風が吹く草原。

まさに冒険してる！　というシチュエーションに、私はドキドキワクワクしているのだけれど、こればかりは慣れてもやっぱり嫌なドキドキもしてしまう。

「――いくよ、おはぎ！」

『にゃぁっ！』

おはぎに合図をして、目の前に現れたスライム二匹を――それぞれ一匹ずつ倒す！

私は短剣、おはぎは自慢の爪。最初こそ魔物に及び腰だった私だけれど、すっかり冒険者生活にも慣れてしまった……ように思う。

……ドキドキはしてるけど！

スライムから落ちたドロップアイテムを拾い、私は「ふう……」とやり切った感を出す。

私は悪役令嬢改め、冒険者のミザリー。

婚約者の王太子に婚約破棄され、国外追放を言い渡され、実家との関係も悪かった私は国を飛び出した。

いわゆるセルフ国外追放というやつだ。

最初こそ初めての冒険者生活で金策も含め不安で大変なことも多かったけれど、今は楽しく過ごしている。

なんせ、一人じゃないからね！

愛猫の黒猫おはぎと、私と同じ冒険者のラウルがいるのだ。しかもしかも、キャンピングカーもあるのだ！


そしてその『キャンピングカー』というのが、ちょうどすぐそこに停《と》めてあるガチのキャンピングカー——キャブコンというものだ。

モスグリーンの車体には猫を模したロゴが入っていて、丸窓のついた白いドアがアクセントになっている。

しかも見た目が可愛《かわい》いだけではない。

居住スペースにはテーブルやソファはもちろんのこと、キッチン、お風呂、個室などもあるのだ。

外観からは想像できない広さがあり、さすがはスキルなんでもありだと私は感心しつつ感謝している。

私はこれをスキルで召喚し、自由自在に乗り回すことができるのだ……！

街道や草原など平坦《へいたん》な道はもちろんのこと、山やダンジョンの中でも爆走が可能というすぐれもの。しかも魔物を轢《ひ》き殺……体当たりで倒すこともできてしまうのだ!!

そしてキャンピングカーで魔物を倒しまくった結果、実は私たちのレベルはもりもり上がっていたらしい。

キャンピングカーで倒すのは、私のスキルで倒すということなので、経験値をゲットできる！という仕組みだ。

……だから、ドキドキしても弱いスライムに負ける可能性はまったくないんだよね。


「ミザリー、火を熾《おこ》したぞ」

「ありがとう、ラウル！」

私がラウルの声に振り向くと、同時におはぎが肩に跳び乗ってきた。顎をくすぐるように撫《な》でてあげると、『にゃうっ』と嬉《うれ》しそうに笑う。


焚《た》き火の用意をしてくれたのは、一緒に冒険をしているラウルだ。

オレンジブラウン色の髪に琥珀色《こはくいろ》の瞳をしたたれ目の優しい青年だけれど、冒険者としての腕は一級品。

私に冒険者としての体の動かし方や、短剣の使い方を教えてくれた先生でもある。

そして私の肩に乗り、先ほど一緒にスライムを倒した黒猫は、おはぎ。

私が悪役令嬢時代に保護してから、家族として一緒に過ごし始めた。小さかったおはぎは、ご飯をもりもり食べてしっかり成長している。

今では私たちの冒険パーティの一員で、なんとミミックの擬態を見破ることもできるエキスパートだったりするのだ。


「さてと……。昼飯はどうする？　ミザリーは運転してたし、俺が作ろうか？」

「ううん、私が作るよ！　夕方前に街に着きそうだし、今日はゆっくりできそう」

「オッケ」

私が焚き火の横にマイ椅子を置いて昼食の準備を始めると、ラウルは近くで薪になりそうな枝を拾いつつ、魔物がいないか見回ってくれるようだ。

「近くにいるけど、なんかあったらすぐ叫ぶんだぞ」

『にゃ！』

「わかった！」

おはぎもラウルと一緒に行くようで、私の肩から跳び下りてラウルの後に続いた。私は二人に手を振って、ぐっと気合いを入れる。

「よーし、はりきって作っちゃおう！」

今日の夜は久しぶりに街でゆっくりする予定なので、お昼は簡単な物を作ろうと思う。

取り出したのはソーセージと、昨日作っておいたパイ生地だ。

まずはソーセージを、削った木の枝に刺す。串に木の枝を使うというのが、自然を満喫している感じがして私は好きなのだ。

……非日常っていう感じがいいよねぇ。

木の枝に、そのまま平たく伸ばしておいたパイ生地をらせん状にくるくる巻いていく。

「そして巻き終わったら、焚き火で焼く！」

私は地面目がけて、生地を巻いた枝を突き刺す。これでしばらく待てば、美味《おい》しいパイが焼きあがること間違いなしだ。

「んん～、パイ生地に使ってるバターの香りがすごく食欲を刺激してくる……。これは焼けるのが待ち遠しすぎるね」

きっと中のソーセージもパリパリのジューシーになること間違いないだろう。

「お手軽だけど、まさに焚き火のキャンプ飯って感じでテンション上がるなぁ」

私はきっとこの世界で一番、焚き火が大好きな人間だろう。

パチパチと火のはぜる音、ゆらゆら揺れる赤い炎、ときおり薪を足して……そんな時間が大好きなのだ。

ついつい、うっとりしてしまう。

前世で社畜をしていたときに、焚き火やキャンプ動画を見て癒《い》やされていたのが懐かしい。いつか自分でも焚き火をしたいと思っていたけれど、転生して実現するとは……。

そんなことを考えながらぼおっと焚き火を眺めていたが、ハッとする。

「って、もう少し何か作ろう！」

さすがにパイ生地で包んだソーセージだけでは足りない。パンとお肉はあるので、野菜を使って何か作るのがよさそうだ。

「今日の夕方には街に着くから、気がねなく食材を使えるんだよね」

キャンピングカーで街から街に移動しているときや、ダンジョンに潜っているときは、食料の在庫に注意しなければならない。

……補給できる状況じゃないのに、食べつくしたら大変だからね！


私は一度キャンピングカーのキッチンへ行き、冷蔵庫の中を確認する。

「残ってる野菜はキャベツが半分と、玉ねぎが三分の一、ニンジンが半分ってところか。あとはレモンが少し……っと」

全部使ってしまってよさそうだ。

キャベツを少しと、玉ねぎとニンジンはさいの目切りにして、野菜スープに。残ったキャベツはスキレットに入れてそのまま焼いてキャベツステーキにしたらよさそうだ。

下ごしらえだけキッチンで行って、仕上げはいつも通り焚き火だ。焚き火があるなら、やっぱり焚き火飯がいいよね……！


ぐつぐつスープを煮込んでいると、キャベツが焼けるいい音が耳に届く。自然いっぱいの中でキャンプ飯を作るのは、とても楽しい。

しかしだからこそ、悩むこともたくさんある。

「味ポン酢でもあればさっぱりしたソースができるんだけど、ない物ねだりだしなぁ。あ！　さっぱりレモン風味のソースにしようかな？」

いつもは焼いたお肉にかけたり風味付けに使うことが多いレモンだけど、初夏のこの季節はソースにもピッタリだろう。

「簡単に……オリーブオイルと塩で混ぜるのがいいかな？」

レモン汁を絞り、そこにオリーブオイルを混ぜ合わせる。混ざったら塩を一つまみ入れて、仕上げにバジルを少し散らす。

「ん、いい感じ！」

お手軽レモンソースが完成すると、「いい匂いだな」とラウルとおはぎが戻ってきた。その手にはたくさん薪を持っている。

「おかえり、二人とも」

「ただいま」

『にゃ！』

「ちょうどご飯もできあがったところだよ」

おはぎのご飯は、ストックしておいた茹《ゆ》で鶏肉をレンジでチン。

私たちのご飯は、ソーセージのパイ包み焼きと、スープをよそって、キャベツステーキはレモンソースをかけてスキレットのままいただく。

ラウルが近くの岩に座ったのを見て、私たちは手を合わせる。

「「いただきます！」」

『にゃっ！』

私とラウルの手は、真っ先にソーセージのパイ包みに伸びる。地面に差して焼いていたので、各自それを取るだけだ。

ん～香ばしい匂いがして、すでに美味しそう。

さて、食べようか……というところで、ザクッというい音が聞こえてきた。

「ん～、これ、めっちゃ美味いな！　パイの食感もいいけど、中のソーセージもめちゃくちゃジューシー！」

「ふっふ～、美味しいでしょう！　今回はパイ生地を使ったからね。普段のパンもいいけど、こういうのもいいでしょ？」

そう言いながら私もパイ包みにかぶりつくと、ザクッという音が響く。もちもち食感もいいけれど、やっぱりパイ生地って美味しいよね。

「バターの香りもいいねぇ」

「いくらでも食べられそうだ」

おはぎも『にゃっにゃっ』と嬉しそうにご飯を頰張《ほおば》っていて、とても満足そうだ。

「野菜スープもいいけど、丸ごと焼いたキャベツも迫力があっていいよな。……これ、レモンか？

さっぱりしてて食べやすいな」

「レモンとオリーブオイルを混ぜてるんだよ。最近は暑いから、こういうソースが食べやすくていいかなって」

この世界の料理は、どちらかといえばこってり系が多い。それもあって、たまに無性にさっぱりしたソースが恋しくなるのかもしれない。

ラウルは「美味い！」と言いながらモリモリ食べてくれる。その姿を見ているだけで、料理を作った甲斐《かい》があるというものだ。

私も一通り食べて、ぐーっと手足を伸ばす。

は〜〜、春すぎの青空に、心地よい風……。

「このまま昼寝したくなっちゃうね」

「わかる」

私の主張に、ラウルが思いっきり同意してくれる。

「とはいえ寝ちゃったら夜までに街に着くかわからないし、頑張りますか！」

ということで、私は街へ向けてキャンピングカーを走らせた。


「ふんふふ〜ん♪」

鼻歌を口ずさみながら、私はキャンピングカーを飛ばす。

目指す目的地は、この先にあるロックフォレスという街だ。

ここは隣国ヘリング王国との国境境にある街で、いつも賑《にぎ》わいを見せているとラウルが教えてくれた。

そのラウルとおはぎはキャンピングカーの居住スペースにいて、街に着いたら売る予定の魔物のドロップアイテムの確認をしてくれている。

「ふんふ～♪　新しい街、楽しみだなぁ」

どうしようもなくウキウキしてしまうが、それも致し方ない。

今の私には、壮大な目標があるのだ。


それは、お米――和食を味わうということ！


元日本人の私が転生したこの乙女ゲーム『光の乙女と魔の森』の世界は、いわゆるヨーロッパ風のファンタジー世界。ゲーム中で日本風の国は登場しなかった。

そのためお米や醤油《しょうゆ》などの日本食を得ることは難しいと思いつつ夢見ていたのだけれど……ついに発見したのです！

精霊のダンジョンで出会った冒険者が、食事のお礼にとくれたものが――お米だった！

そのときの私の舞い上がりようには、ラウルたちを驚かせてしまったかもしれない。だけど、私はそれほどお米を渇望していたのだ。

なんでもその人の故郷では普段から食べていた食材だったけれど、料理が苦手で持っていたお米を上手《うま》く炊けずそのままにしていたのを、料理が好きな私にくれたのだ。

……ということがあって、私はすっかり和食を堪能したくなっていた。

「でも、浮かれすぎてたとはいえ……故郷の名前を聞き忘れるなんてやらかしたなぁ」

我、愚かなり。

ただ、その故郷は東の方にあるということだけはわかっているので、とりあえずキャンピングカーを東に向けて走らせているというわけです。

かなり遠い場所にあるらしいけれど、この世界の一般的な移動手段は馬車・馬・徒歩。対する私はキャンピングカーなので、移動速度には天と地ほどの差があると考えていいだろう。

「きっと、東の国にもすぐ着くはず」

かなり楽観視しながらキャンピングカーを走らせていると、街が見えてきた。

「お、あれが国境の街ロックフォレス！」

すぐ横に山があり、その山が隣国との境界線の役割をしているのだという。岩肌が多い部分と、木々の茂っている部分がある。

「なんだか面白い山だね」

私の声に反応したラウルが、居住スペースから運転席側に顔を出した。

「お、ロックフォレスが見えたか」

「うん。もう少ししたら、キャンピングカーを下りて歩いて向かうのがいいかも」

「だな」

私の提案に、ラウルが頷《うなず》く。

隠しているわけではないけれど、キャンピングカーのスキルは珍しいため、街の近くでは出さないようにしている。

……変に、悪人に目を付けられたらたまったもんじゃないからね。

「ロックフォレスには、どんな野営用品があるんだろう」

ついつい欲望が口をついて出ると、ラウルが笑う。

「ミザリーの期待はそればっかりだな。ロックフォレスは鉱石と木の質がいいって聞くから、工芸品なんかも多いらしいぞ」

「へええ、それは期待できるね」

木であれば机や椅子、食器類が思い浮かぶ。鉱石ならば、包丁やナイフ、串などを買うことができるかもしれない。

ん～～、楽しみすぎる！

ということで、やってきましたロックフォレス！

ロックフォレスの外壁は石壁でできていて、端がそのまま岩山に続いているという不思議な街だった。

頑丈そうな建物が並んでいて、資材にはおそらく鉱石と木材の両方が使われているのだろう。魔物や災害があっても、持ちこたえられそうな街だ。

そして特徴的なのは、家の窓とは別に、飾り窓として使われているステンドグラス。いろいろなガラスを組み合わせていて、石造りの武骨な部分が一気に華やいで見えた。

強そうだけどお洒落《しゃれ》な街で、観光するのも楽しそうだ。


「わあぁ、今まで行った街とはまた違った趣があっていいね」

「俺も実際に来たのは初めてだけど、なんだか面白い街だな」

『にゃうにゃう』

ラウルとおはぎも興味津々といった様子で、街を見回している。

「っと、先に冒険者ギルドでアイテムを売ろう。そしたら宿を取って、飯だな」

「うん！」

冒険者になった私たちは、魔物を倒して得たアイテムを売ったり、冒険者ギルドの依頼を受けたりして生計を立てている。

……どうせなら、東の国へ行く方面の依頼があったらいいなぁ。

そんなことを考えながら、私たちは冒険者ギルドへ向かった。

冒険者ギルドでウルフやスライムを倒したドロップアイテムを売り、新しく討伐依頼を受けた。これで当面の路銀には困らないだろう。

討伐する魔物は鉱山ウルフという魔物で、この周辺に生息しているそうだ。身体が硬く、ある程度の力がなければ倒せない魔物だという。

「……よしっ！　冒険者として、頑張らなきゃだね！」

「ミザリーもだいぶ戦闘に慣れてきたから、キャンピングカーから降りて戦ってみるのもいいかもしれないいな」

「ふぁっ⁉」

ラウルの言葉にドキッと心臓が跳ねる。

私はスキルのキャンピングカーで魔物を轢き殺……体当たりをして倒していたので、自分で武器を持って戦うという経験はあまりない。

……でも、冒険者として今後も活動していくんだもんね。もしかしたら、キャンピングカーでは通れない細い道だって出てくるかもしれない。

そのとき魔物が怖くて戦えない、先に進めないでは困るのだ。

「が、がんばる……！」

『にゃにゃっ！』

「おう！　頑張ろうな！」

私がぐっと拳を握って答えると、おはぎとラウルが応援してくれる。それに安堵《あんど》しながらも、しばらく心臓のバクバクは落ち着かなかった。

……だって、鉱山ウルフなんて名前からして強いに決まってる……!!


ジュワアアァッとお肉の焼けるいい匂いに、無意識のうちに頬が緩む。

目の前にドドンと鎮座しているのは、ニンニクたっぷりの分厚いステーキ。マッシュルームポテトサラダに、ゴロゴロ野菜と牛肉のパイ包みに、テールスープに……あとは冷たい果実水。

私たちはギルドを出た後、宿を取って食堂へやってきた。

……キャンプ飯もいいけど、外食もいいよね！

「はあぁん、美味しそうな匂い！　たまには外食もいいよね」

「キャンピングカーにキッチンがあるとはいえ、食料も限られてるし、作れる料理にも制限があるからなぁ」

「うんうん。料理の幅を広げられないか、もっと考えていきたいけど——今はそれよりご飯を食べたいっ！」

手を合わせて「いただきます」と、さっそく食べ始めた。

かぶりついたステーキは肉汁たっぷりで、歯ごたえもある。分厚い肉にはロマンが詰まっているけれど、焚き火調理だとなかなか難しい。

……じっくり時間をかけて焼けば大丈夫かな？

私がそんなことを考えていると、ラウルが「どうしたんだ？」と私を見る。

「外でも、もっと料理の幅が広がればいいなぁと思って」

「ミザリーの飯は今のままでもじゅうぶん美味いけど、まだまだ進化させるつもりか？」

「そりゃあね！　料理道具はもちろんだけど、調味料なんかも増やしていきたいと思ってるよ」

「なるほど……」

感心した様子のラウルは、頷きながら「俺も何か協力できたらなぁ」なんて言ってくれている。

ラウルは私のキャンプ欲にも嫌な顔一つせず付き合ってくれて、とても優しい。

「とりあえず、今はお米やその他の調味料のために……東の国だね」

「明日、街で聞き込みをしてみよう。もしかしたら、知ってる人がいるかもしれないからな」

「うん」

大きく頷いた私は、明日の情報収集のための腹ごしらえだ！　と、さらにお肉を頬張った。

「東の国？　ごめんなさい、わからないわ」
「米？　聞いたこともないな」
「黒っぽい調味料？　えええ、それって食べても平気なの？」

翌日。

おはぎを頭に乗せつつ街で聞き込みを行ってみたが、あまり感触がよくない。

「ん～～～～……」

私がさっそくへこたれそうになっていると、「そもそも」とラウルが苦笑しつつ口を開く。

「東にあるっていうだけで、東の国っていう名前じゃないだろうしな」

「それ！」

そう、問題はそこなのだ。

東の方にある国で、お米がある。

というのが手掛かりなのだけれど……この世界はあまり情報網が発達していないので、遠くの場所の情報を手に入れるのが難しい。

……だけど、どこかしらに和の要素はあるような気がするんだよね。

たとえば武器として刀があるとか、着物の文化があるとか。もしかしたら、東に進んでいけばそういうものが少しずつ見えてくるかもしれないんだけど……。

どうしたものかと考えて、私はふと、逆にここまで知られていないのはなぜだろう？　という疑問を浮かべた。

「ねえねえ、いくら遠いとはいえ……移動手段がまったくないっていうわけじゃないよね？　それなのに知られてなかったのは、どうしてだろう」

「確かに。遠くても、大きな街の情報はある程度入ってはくるし……あ！　もしかして、遠いだけじゃなくて、行きづらい場所なんじゃないか？　だから、米とか、そういう情報が入ってこないんだ。行きづらい場所っていう条件なら、今までより情報を得られるかもしれない」

「なるほど‼　ラウル天才‼」

情報がこないほど辺鄙《へんぴ》……もとい行きづらい場所であれば、可能性はありそうだ。

「昨日ギルドで聞いたときは情報がなかったけど、もう一回聞いてみてもいいかもしれないな」

「うん。さっそくギルドで聞いてみよう！」

お米――もとい東の国への光が見えてきて、私の足取りは一気に軽くなった。


「東の方向にある、行きづらい場所ですか？」

冒険者ギルドの受付嬢に確認すると、すぐに周辺の地図を出してくれた。ロックフォレスの街と周辺の岩山などが書かれていて、上の方は街や村があり、その先は砂漠地帯になっている。

とはいえロックフォレスの近辺だけなので、東の国までは載っていなさそうだ。

「そうですね……でしたら、砂漠の向こうでしょうか？」

「砂漠の向こうにも街があるんですか？」

受付嬢の言葉を聞き、私はカウンターに身を乗り出す勢いで地図をガン見する。

今いるロックフォレスの街を越えると、隣国のヘリング王国に入る。そこをさらに北に進むと村と街があるのだけれど、その先の砂漠の向こうは地図に描かれていない。

その砂漠は陸地を横断する形で広がっていて、砂漠の向こう側が地図に記載されていないのも不思議ではない。

「でも、これだけ広い砂漠を越えるのは大変じゃないですか？」

真剣な表情で地図を見ているラウルが、問題点を指摘した。

砂漠を越えるとなると、数日……下手したらもっと日数がかかるだろう。しかも日中は暑く、夜はぐっと気温が下がるはずだ。

……素人に砂漠越えは大変どころじゃないよね。

すると、受付嬢は砂漠の西側を指さした。

「この部分は砂漠の面積が少ないんです。なので、砂漠を越える場合は遠回りになってしまうけれど、このルートを使うのが一般的ですね。間違っても、サラビッタの街から砂漠に入ったら遭難しますよ」

「……あ、西側だけすぐ砂漠が終わるんですね」

「ええ。といっても、ラクダを使ったとしても最低一日はかかる道のりです。砂嵐もあるし、慣れてる人に案内を頼んでも最低二日はかかりますよ」

「ひえ……」

砂漠の恐ろしさに、思わず息を呑《の》む。

……転生前も、砂漠とは無縁だったからなぁ。

なんなら、前世で鳥取砂丘にだって行ったことがない。キャンピングカーが走れるのかどうかも、現時点では未知数だ。

「この砂漠が、行きづらい場所ってことですね」

「いえ、この砂漠ではなくて……」

「え？」

砂漠を越えたらそこは東の国……！　と思って聞いてみたが、どうやらそうではなかったようだ。

「砂漠を越えた向こうにも、街や村はあるんです。最北にサザという村があるのですが、そこから行ける離島――瑞穂《みずほ》の国が行きづらい場所なんですよ」

「瑞穂の国⁉　しかも離島⁉」

思いがけない場所に、私は思わず声をあげてしまった。


――瑞穂の国。

それはここから北東方面にある島国で、周辺諸国とあまり盛んな交流は行われていない。

というのも、瑞穂の国へ行くのはものすごく大変だからだ。砂漠を越え、さらには海を越えなければいけない。

どちらも大変な道のりで、生半可な覚悟で行ってはいけない場所なのだそうだ。


……瑞穂って、昔の日本の名前だよね？

このファンタジー世界に瑞穂の国があること自体に違和感を覚えるけれど、開発者の遊び心だと思えばあまり不思議なことはない。

日本イコール米！　ということで、私はこの瑞穂の国に大いなる期待を持った。

「ミズホ……瑞穂の国って、不思議な響きの名前だな」

「うん。今まで見たことのない文化とかもあるだろうし、楽しみ！」

『にゃっ！』

私が笑顔で告げると、ラウルも「そうだな」と笑顔を返してくれた。おはぎの笑顔も最高に可愛いです。

「馬や馬車で行くと遠くて大変みたいだけど、キャンピングカーなら思ったほど時間はかからなさそうだね。砂漠を進めるかは、行ってから考えよう」

「遠回りになったとしても、数日から一〇日くらいか？　全然問題なさそうだな」

「何も事件が起きないことを祈ろう」

『にゃにゃっ』

瑞穂の国が目的地に決まった私たちは、数日後に出発することにした。それまでは旅の疲れを癒やしたり、買い物したりする時間だ。

「砂漠は慣れている者でも遭難することがある場所です。お気をつけくださいね」

「はい。教えていただきありがとうございました！」

東の国――瑞穂の国の情報を得ることができた私は、ルンルン気分だ。ギルドから宿に戻る足取りも羽のように軽い。

「ミザリー、ちょっといいか？」

「ん？　どうしたの？」

自分の部屋に入ろうとしたら、ラウルから呼び止められた。

「廊下だとちょっと……」

「じゃあ、私の部屋でいい？」

「ああ」

……どうしたんだろう？

ラウルを私の部屋に招いて首を傾《かし》げ、飲み物を用意して話を聞くことにした。すると、ラウルは机の上にチャリと音を立てて袋を置いた。

「……お金？」

何事かと思いラウルをまじまじ見ると、ため息とともに「もしかして忘れたのか？」とジト目で言われてしまった。

……え？　え？　え？

「――あ、そうか！　ポーション代だ!!」

すんでのところで思い出し、手を叩《たた》く。

ポーション代については、私とラウルの出会いまで遡る。

リーフゴブリンにやられて瀕死《ひんし》状態だったラウルを私が発見し、助けるために上級ポーションを使ったのだ。

私は別にお金は不要だと言ったのだけれど、ラウルに断固拒否されてしまった。払い終えるまでの期間、私の護衛をするという条件で今まで一緒に旅をしてきた。

ちなみに上級ポーションは、半年くらい余裕で生活できるくらいのお値段です。


「ダイジョウブ、ワスレテナイヨ！」

私がアハハと笑うと、ラウルは肩をすくめた。

「最初は返すまでどれくらいかかるだろうと思ってたんだけど……ミザリーの常識外れなスキルのおかげで、あっという間だった！　精霊のダンジョンで稼いだ分が多かったとはいえ、まさかこんなに早く代金の支払いが終わるとはな……」

「さすがは精霊のいるダンジョンだね」

精霊ダンジョンで受けた依頼やドロップアイテムを換金した額が大きかったため、あっという間にポーション代が貯《た》まったらしい。

「ダンジョンというか、ほぼミザリーのおかげなんだからな？　俺一人だったらこうはいかなかったから、そこはちゃんと覚えておくんだぞ？」

キャンピングカーがすごすぎて、攻略も狩りも楽々だったのだとラウルに強調されてしまった。

……いや、うん。ちゃんとわかってるよ。わかってます。

私は慌てて頷いて、袋の中身を確認する。

「確かに受け取りました！　ありがとうね、ラウル」

「礼を言うのは俺の方だ。ミザリーに助けてもらって、一緒に行った精霊のダンジョンでは腕も治してもらった。すっかり健康体だ」

「それはよかった」

私が笑うと、ラウルが真剣な目でじっと見つめてきた。

そしてゆっくり頭を下げた。

「改めて、本当にありがとう。ミザリーがいなかったら、きっと俺は死んでただろう」

「……っ！　ううん。ラウルが無事でよかったよ」

ゆっくり首を振ってそう伝えると、ラウルは肩の力が抜けたのか、ふわりと笑った。

しかし私は、ふと気づく。


……もう、ラウルと旅する理由がないんだ。


元々はおはぎと二人旅をするはずだったし、当初の予定の二人旅に戻るだけ。

寂しくないと言ったら嘘《うそ》になるけれど、ラウルにもラウルの冒険者プランや人生がある。私と旅をする必要は、もうない。

突然すぎる別れの予感に、一気に体が重くなる。

……ラウルには冒険のことを教えてもらってるし、お礼に何かプレゼントするのがいいよね？

「ミザリー？」

「え？　あ、ごめん。大金だったから、驚いちゃって」

勝手にしんみりして俯《うつむ》いていたら、ラウルに心配されてしまった。

私は手を振って、「大丈夫だよ！」とそれらしい理由で笑顔を作る。大金であることは事実だからね。

「だな。金はギルドに預けてもいいけど、ミザリーはキャンピングカーの中に置いておけば安心だと思う」

「うん、そうする」

キャンピングカーは私と私が許可した人しか入れないので、お金が盗まれる心配はない。使っていないときは、スキルなのでしまっておくこともできる。

街の宿に置きっぱなしも、持ち歩くにも金額が大きいので、ラウルに付き合ってもらって街の外へ出て、キャンピングカーにお金をしまった。

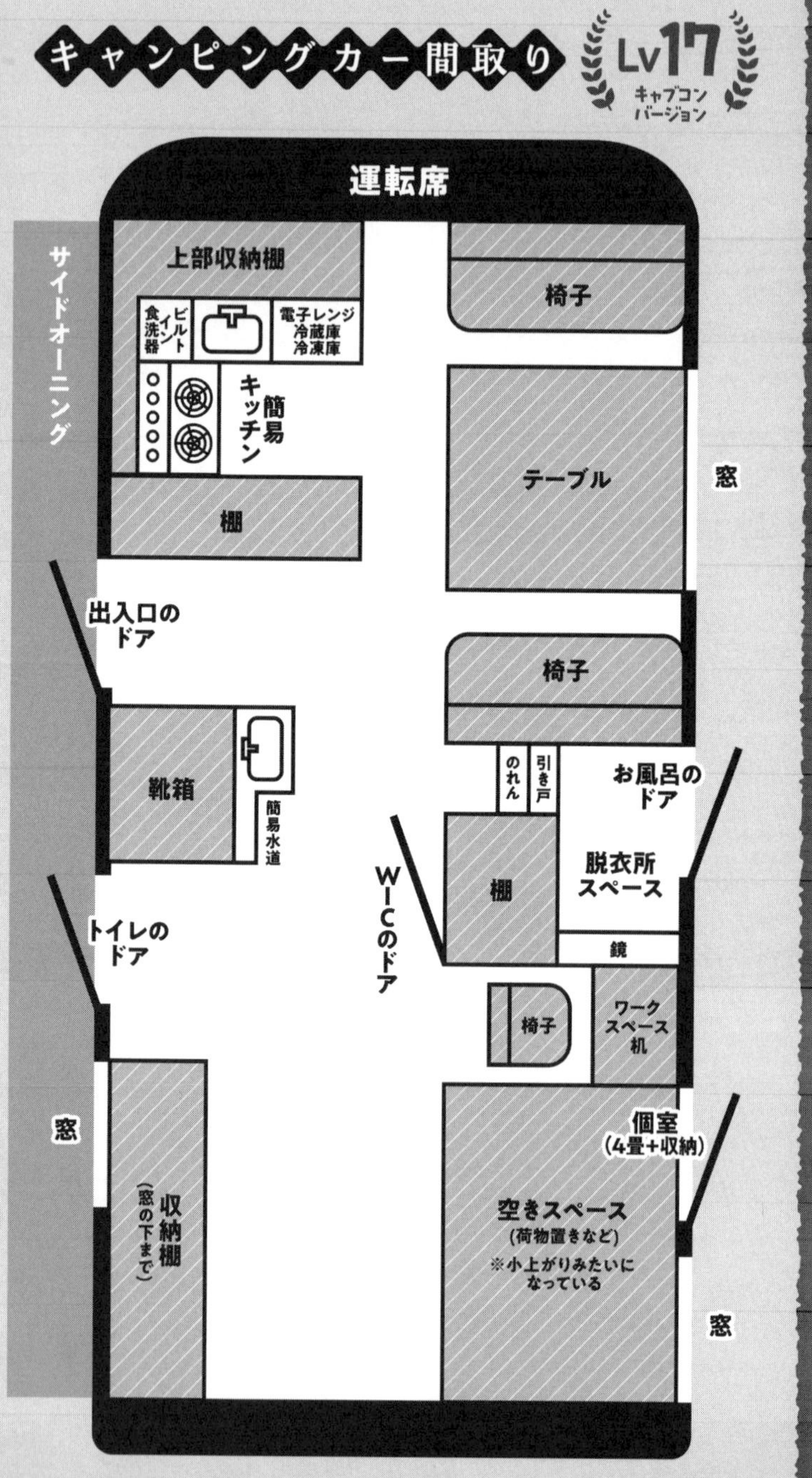
キャンピングカー間取り
Lv17
キャブコンバージョン
運転席
上部収納棚
食洗器
ビルトイン
電子レンジ
冷蔵庫
冷凍庫
簡易キッチン
棚
椅子
テーブル
窓
サイドオーニング
出入口のドア
椅子
靴箱
簡易水道
のれん
引き戸
お風呂のドア
脱衣所スペース
棚
WICのドア
鏡
トイレのドア
椅子
ワークスペース机
個室
（4畳＋収納）
窓
空きスペース
（荷物置きなど）
※小上がりみたいになっている
収納棚
（窓の下まで）
窓

プレゼント

翌日。

宿で起きて身支度をし、以前購入したワンピースに袖を通した。

今日は街の観光をしようと考えている。岩山部分をお店にしたりしていて、ほかの街と違った魅力があるのだ。

「……ラウルのプレゼントも探したいしね」

すると、部屋にノックの音と「起きてるか？」というラウルの声が聞こえてきた。

「おはよう、ラウル」

「おはよう、ミザリー。……ごめん、今日はちょっとでかけてくる」

ラウルは一人で行動をすることはあまりないからか、どこか申し訳なさそうに告げる。だけど別に、自由行動は悪いことではない。

「わかった！」

「夜には戻ってくるから、夕飯は一緒に食べよう」

ラウルはそう言うと、すぐに出かけてしまった。

「うん。気をつけてね」

私が手を振ると、ラウルも振り向いて軽く手を上げてくれた。朝一で出かけてくるのだから、きっと大事な用事なのだろう。

「ん～。でも、いつも一緒にいたから単独行動するとは考えてなかったや」

『にゃ』

だけど、どうやってラウルに内緒でプレゼントを買うか悩んでいたので、実はちょうどよくはある。

私の肩にぴょんと飛び乗ってきたおはぎに話しかけ、「久しぶりに二人だねぇ」と苦笑した。


宿で朝食を済ませ、私はおはぎと一緒に街に出た。

遠くからカーンカーンという音が響いている。どうやら鉱石の採掘を行っているみたいだ。

「まずは街を見て回ろっか」

『にゃんっ！』

元気のいいおはぎの返事を聞いて、私の足取りは軽くなる。


街の大通りには露店がたくさん並んでいて、東西にはそれぞれ市場がある。出発前の買い出しは、市場がよさそうだ。

露店には宝石をあしらった装飾品や、鉱石と木材で作られた工芸品などが並んでいる。そのほかは、食器類が多い印象を受ける。

装飾品を扱っているお店ではカップルが楽しそうに選んでいるけれど、その横で行商人も仕入れなどを行っている。

その中で私が目を留めたのは、大皿を扱う露店だ。

「……さすがは大皿、迫力があるね」

お皿は陶器にステンドグラスをあしらったものが並んでいて、キラキラと華やかだ。料理を載せたら映えること間違いないだろう。

ステンドグラスで花の模様が描かれたものや、不規則に様々な色のガラスを組み合わせたものなど、デザインが何種類もある。

これに料理を載せたら、美味《おい》しさも倍増しそうだ。

……どれも可愛《かわい》くて、悩んじゃうね。

私が悩んでいると、「らっしゃい」と店主が声をかけてくれた。

「うちのはどれも一級品だから、贈り物としても人気があるんだ」

「確かに！　ほかの街でステンドグラスなんて見かけなかったので、この街ならではの食器ですよね。素敵だと思います」

「わかってるじゃないか」

店員は食器を褒められたことが嬉《うれ》しかったようで、へへっと頬を緩めて笑った。

……買っちゃおうかな？

精霊のダンジョンを攻略し、倒した魔物のドロップアイテムや討伐依頼で得たお金があるため、現在の懐事情は思いのほか悪くない。

普段使いでもいいけれど、もし誰かを招待してキャンプ飯をするならば、こういったお皿が何枚かあるといいなと思う。

道中で出会った旅人や冒険者と、食事を共にすることだってあるのだ。

「はい、まいど！」

「……よし、三枚――いえ、二枚ほしいです！」

購入すると言ってから気づいたけど、お皿の値段を見たら、一枚一万ルクといいお値段だったのです……。

選んだのは、桜に似たピンク色の花が描かれた大皿と、猫が描かれた大皿の計二枚。白い猫は、おはぎと色違いのようで可愛い。

「おはぎ、猫のお皿だよ。可愛いね」

『にゃうっ！』

おはぎはお皿の絵がわかるのか、私が見せると頭を擦りつけてきた。

さっそく次のキャンプ飯で使おうと思う。

「って、プレゼントを探すんだった！」

『にゃっ』

私は露店を後にして、何かいいものはないかと違う通りにも行ってみることにした。

「でも、プレゼントか……」

『にゃにゃ～』

私は大通りを歩きながら、どうしたものかと考える。

転生してから、誰かに贈り物をしたことがなかったので、どんなものをあげたらいいかいまいちピンとこない。

……私だったら、キャンプ用品をもらえたら舞い上がるけど……。たとえば大きなお鍋でももらったらテンション爆上がりしちゃうよね！

でも、たぶんラウルはキャンプ用品でそこまで喜ばないような気がする。

「冒険者だから、回復アイテムや装備とか？　でも、こだわりがあるかもしれないよね」

普段から使うアイテムはある程度決まっているだろうし、装備は使用感なども大事だろう。しかも駆け出し冒険者の私が選ぶというのも微妙だろう。

逆に気を遣わせて、使いやすくない装備を使うラウルが想像できてしまう。

……それは駄目だ！

「となると、やっぱり日用品とかかな？　……でも、私と別れたら荷物をキャンピングカーに積めないから、重かったりかさばったりするものは駄目だ……。難しいねぇ、おはぎ」

『にゃうぅ……』

私の声のトーンが落ちたからか、おはぎの声もどことなくしょんぼりしている気がする。

さてどうしようかと歩いていると、ふと宝石店が目に留まった。

「あ、これって……」

ショーウィンドウに飾られた装飾品に、私の目は釘《くぎ》付けになった。

「ロックフォレス鉱石のお守り石だ!!」

『にゃ?』

「あ、おはぎは知らないよね。この鉱石は、ロックフォレスでしか採掘できない石なんだよ。今は……単なるお守りとして流通してるけど、ゲームでは装備すると防御力が少しだけ上がるんだよね」

ただ、本当に気持ち上がる程度なので、この世界では効果を実感することは難しいだろう。そのため、売り文句がお守りなのだ。

私はショーウィンドウに飾られているロックフォレス鉱石のネックレスの値段を確認する。

「えっ、一万三〇〇〇ルク⁉　やっす!!」

あまりの安さに声をあげてしまい、私は慌てて口を手で押さえる。道行く人に見られてしまい、恥ずかしい。

……この鉱石、王都で買ったら五倍くらいの値段なのに！

そう思ったけれど、ロックフォレスと私が暮らしていたリシャール王国の王都とは距離がある。この世界では交通手段が限られているため、輸送関係の問題もあるのだろう。

「でも、このお守りならプレゼントにピッタリかも」

私はラウルに似合うのを見つけるぞ！　と意気込んで、店内に入った。

店内には、色とりどりの宝石をあしらった装飾品が多く並んでいる。

床は石のタイルがお洒落《しゃれ》に敷き詰められ、壁は木製。黒に近い鉱石が台座として使われており、その上に商品が並べられている。

落ち着いたスーツ姿の店員に、上品なマダムといった客層が多い。露店ではなく店舗ということもあって、ゆったり買い物をする人向けのようだ。

洗練された店内を、ついまじまじと見てしまう。

そして一角には、ロックフォレス鉱石を使ったお守りの装飾品コーナーがあった。

ロックフォレス鉱石のお守りは、ネックレス、指輪、イヤリング、ブレスレット、ブローチといった装飾品に加工して売られている。

ロックフォレス鉱石は艶々の石で、黒に近いものから白に近い明るいものまで、数種類の色味があった。これだけ種類があれば、ラウルにピッタリのものも見つかるだろう。

「綺麗《きれい》だねぇ、おはぎ」

『にゃ』

私はラウルに似合うのは何色だろうとロックフォレス鉱石を見ていく。

普段のラウルは白を基調に、ブラウンを取り入れた服を着ている。差し色として深い緑色がはいっていて、比較的落ち着いている感じだろうか。

「――あ、この色いいかも！」

目を付けたのは、赤色のロックフォレス鉱石だ。

落ち着いた雰囲気のラウルのアクセントにもなって、よいのではないかと思う。

「あとはどの装飾品にするか、だよね。指輪は剣を使うことを考えると、微妙かな？　グローブをつけてるから、腕輪もやめた方がいいだろうし。そうなると、やっぱりネックレスかな？」

イヤリングにしたら戦闘中に耳から落ちそうだし、ブローチはどちらかといえば女性がつけることを想定したデザインが多い。

「よし、ネックレスにしよう！」

『にゃう！』

私が選んだネックレスに、おはぎも賛成みたいだ。

「すみません、これください！　プレゼント用で！」

赤いロックフォレス鉱石のネックレスを購入し、私は店を後にした。


宿に戻ってさっそくラウルにプレゼントしよう！　と思ったのだけれど、ラウルはまだ戻ってきていなかった。

「……どこに行ってるんだろう？」

夕食は一緒に食べる約束をしているので、そこまで遅くはならないだろうけれど……初めて来た街ということもあって、少し心配になる。

すると、足元にいたおはぎが『にゃうにゃう』と私に呼びかけてきた。どうやらお腹《なか》が空《す》いているみたいだ。

「そうだね、おはぎのご飯の時間だもんね」

私は用意しておいた茹《ゆ》で鶏肉を取り出し、おはぎのお皿によそって前に置いてあげる。朝、宿の人にお願いして厨房《ちゅうぼう》を少しだけ貸してもらって作っていたのだ。

おはぎはすぐにはぐはぐっと食べ始めて、美味しいと尻尾をゆらゆら揺らしてくれる。おはぎが美味しくご飯を食べてくれるのが、私も最高に嬉しいよ……！

にこにこ顔でおはぎがご飯を食べているのを見ていると、部屋にノック音が響いた。

「ミザリー、帰ってるか？　俺だ、ラウルだ」

「あ、おかえりラウル――って、何それ？」

ラウルの声にすぐさまドアを開くと、何やらとても大きなものを抱えている。木製のもので、取っ手が付いている箱……？　という感じだろうか。

私が思わずガン見していると、ラウルの「置いてもいいか？」という声にハッとする。

「もちろん！　どうしよう、机の上がいいかな？」

私がドアの前からどいて部屋に招き入れると、ラウルは頷《うなず》いて持っていたものを机の上に置いた。

すると、ちょうどご飯を食べ終わったおはぎが、興味津々とばかりに机の上に飛び乗ってきた。

ラウルの持ってきたものの匂いをふんふんかいでいるみたいだ。

「ラウル、これはいったい……？」

私が首を傾《かし》げて問いかけると、ラウルは少し照れた様子で口を開いた。

「ミザリーにはいろいろ世話になってるだろ？　ポーション代金の支払いも待ってもらってたし。お礼にと思って、作ったんだ」

「えええぇっ!?」

まさかの私へのプレゼントだったようだ。

驚いて、ラウルと木箱を交互に見てしまう。

ラウルは少し照れながらも、木箱の上に手を置く。

「これは、俺なりに考えた野宿……ミザリー的に言うなら、キャンプ道具なんだ」

「詳しく」

キャンプ道具という言葉が耳に届いた瞬間、私は食い気味で説明を求めた。

コホンと一つ咳《せき》払いをして、ラウルは使い方の説明をしてくれる。

「ミザリーの理想に合ってるかはわからないんだけど、俺なりに、こういうのがあったらいいなと思って作ったんだ」

ラウルが木箱の上蓋半分を手に取り開けると、中には瓶詰めされた調味料類が入っていた。全体に対して半分ほどの奥行きの棚板もついていて、そこには小物を収納することもできるようになっている。

深さが十分あるので、縦にすればまな板を収納することができるだろう。よく見ると、包丁を入れる用のくぼみも作られている。

しかも木箱の下部は引き出しになっていて、お皿やカトラリー類を入れることもできそうだ。

さらに工夫はそれだけではなくて、木箱の外側にはアイアンの取っ手がついていて、そこにコップをかけることができるようになっている。

持ち手も作ってあり、かなり重量はありそうだけれど、普段から持ち歩くものではないのであまり気にならないだろう。


……はわ、はわわわわわわっ!!

「ラウルって、すごく器用だったんだね……！」

「父さんが村大工だから、小さい頃にいろいろ教えてもらったんだ」

「へえええ～！　いいねぇ！」

私はこういった日曜大工的なことが苦手なので、工作系ができる人はものすごく尊敬する。

「こういうの、すっごくすっごーく憧れてたの！　はあぁぁ、いいなぁ、何を入れよう？　調味料の瓶が少し入ってるけど……これは塩と胡椒《こしょう》……？」

サイズピッタリの瓶が並んで五つ入っているけれど、そのうちの三つが中身入りだった。

「よく使うやつだけは入れておいたんだ。砂糖、塩、胡椒だな」

「ふおおおお、すごく使う！　ありがとう」

私は思わず木箱に抱きついて、頬ずりをする。

「はぁあ、いい匂い。今日から私の相棒だよ……!!」

……こういうの、前世のキャンプ動画で見たことあるな。

なんていうんだっけ。ツールボックスとも呼ばれていたけど、私はなんとなく古風な感じの呼び方が気に入ってたんだよね。

「あ、思い出した！　おかもち！　おかもちキャンプギア！」

思い出してスッキリした。

しかしラウルには耳慣れない単語で、きょとんとしている。

「おかもち？　なんだ、それ」

「えーっと……説明が難しいな。私の故郷におかもちっていう入れ物があって、キャンプにもよく使われているんだよ。調味料はもちろん、料理器具を入れたりできるの」

「そういうことか」

木箱――おかもちという名称ということに納得したらしく、ラウルは頷く。

「俺もこれの呼び方は悩んでたから、おかもちって呼べるのはいいな。ミザリーに喜んでもらえてよかった」

「うん。めちゃくちゃ大事に使う！　ありがとう、ラウル」

「どういたしまして。まだまだ改良もできると思うから、使ってて不便に思うことがあったら相談してくれ」

「アフターケアまで!?　神すぎる……」

いつもは調味料を箱に入れたりしていたけれど、今度からはおかもちにしまうことができる。

キャンピングカーのキッチン用とおかもち用と、二つずつ用意するのがよさそうだね。今からワクワクしてしまう。

「あ、そうだった！」

「ん？」

『にゃ？』

おかもちの使い方に夢を見ていたら、うっかりラウルへのプレゼントを忘れるところだった。危ない危ない。

私は急いで鞄《かばん》から昼間に購入したロックフォレス鉱石のネックレスを取り出す。小さな布の袋に入れて、リボンでラッピングしてある。

「……実は、私もラウルにプレゼントを用意したんだよね」

「え⁉　俺にか⁉」

「うん。まさかラウルも同じことを考えてたのにはびっくりしちゃったけど」

照れつつ、私はラウルにプレゼントを渡す。

「えっと、……ありがとう。あけてもいいのか？」

「もちろん！　気に入ってもらえるといいんだけど……」

ラウルはゆっくりリボンを解いて、中身のネックレスを取り出した。

「これ……ロックフォレス鉱石のネックレスか？」

「当たり！　冒険者だから、お守りはちょうどいいと思って」

本当はわずかに防御力も上がるけれど、この世界ではそれが知られていないので特に言うことはしない。

ラウルは目をキラキラさせながら、ネックレスをじっと見つめている。

「すごく嬉しい。ありがとう、ミザリー」

「どういたしまして」

喜んでもらえたので、私はほっと胸を撫《な》で下ろす。

ラウルがさっそくネックレスをつけてくれて、「似合うか？」と私とおはぎを見る。

「いい感じ！　やっぱりラウルは赤も似合うね」

「ネックレスなんてちょっと恥ずかしいけど、いいもんだな。……でも、どうしてプレゼントを？

俺はポーションとかのお礼の意味もあるけど……」

ラウルはプレゼントをもらう理由がないと、どこか申し訳なさそうにしている。

私から言わせてもらえば、いつもラウルにお世話になっているので、日頃の感謝の気持ちに何かを贈っても全然いいと思うのだけれど？

あまり寂しくならないよう、どうにか笑って、「餞別《せんべつ》だよ」と告げる。

「餞別……？」

「うん。ラウルは私にポーションの代金も払い終えたでしょ？　だから、私たちのパーティはここで解散だろうなって思って」

このままバイバイでは寂しすぎるので、私なりに思い出になるよう贈り物がしたかったのだ。

……ああ、寂しくなるな。

一緒に焚《た》き火をしたり、釣りをしたり、料理をしたり。

一人でキャンプをするのだってもちろん楽しいけれど、二人いればできることの幅はぐんと広がるのだ。

ラウルと一緒ならタープだって張りやすいし、ご飯だって当番制にして作ってもらうこともできる。

何より助かったのは、冒険者としての心得や戦い方を教えてもらったことだろうか。

国から追放された私に優しくしてくれたラウルには、感謝してもしきれない。

私がしんみりしていると、とんでもない言葉が耳に届いた。

「パーティ解散するつもりなんて、なかったんだけど……」

「…………えっ⁉」

ラウルの言葉に、私は驚いて目を見開いた。

だってまさか、パーティを解散するつもりがないなんて、そりゃあ、ちょっとはそうだったらいいな……と思っていたけれど、あるわけがないと思ってた。

私が驚いたのを見て、ラウルはわずかに唇を尖《とが》らせる。

「だって、俺も瑞穂《みずほ》の国に行ってみたいし……」

「それは……次の行き先が瑞穂の国なら、そこまでは付き合ってもいいとか、そういう話かと思って……」

「いやいや、そんなわけないだろ！」

全力で否定してくるラウルに、私は大きく息をはいた。それはもう、思いっきり。なんというか、緊張が一気にほぐれた気がする。

「俺はもう、本当のパーティだと思ってるよ」

「ラウル……」

はっきり告げたラウルの目はとても真剣で、それが冗談でないことはすぐにわかった。

……本当に、このまま私とパーティを組んでくれるんだ。

「は～～、なんだぁ、一緒にいてくれるんだ」

嬉しくてへにゃりと笑うと、ラウルもつられたのか笑顔を返してくれる。

「じゃあ……改めてよろしくね、ラウル」

「ああ。よろしく、ミザリー」

『にゃっ！』

「「おはぎも！」」

ここでお別れかと思ったけれど、私たちの旅はまだまだ続く――いや、むしろここから私たちの冒険がスタートする……!!

翌日。

私、ラウル、おはぎで街へ買い物に出た。

瑞穂の国に向けて出発する前に、食料などを買うためだ。これはいつも行っていることで、肉や野菜などの食品を買うのが主だ。

しかし今回は、それだけではない。

賑《にぎ》やかな通りを歩きながら、今回の目的を口にする。

「キャンピングカーで植物を育てよう！」

「野菜を育てることができれば、最悪飢え死には回避できるからな」

『にゃうにゃう』

私とラウルが話すのを、おはぎがラウルの頭の上で聞いてくれている。

キャンピングカーで野菜を収穫できれば、ダンジョン内や街が近くにないときでも新鮮な野菜を食べることができる。

体が資本の冒険者にとって、かなり大事なことだと思う。

これは、精霊のダンジョンで一緒だったフィフィアが「とても大事なことよ！」と力説していたのをきっかけに思いついたことだった。

新しい試みにルンルン気分の私は、そういえばとラウルを見る。

「ラウルって、野菜を育てたことある？　……私は、トマトくらいなら……」

トマトはトマトでも、前世の日本人時代、小学校で育ててみよう！　という授業の一環で育てただけだ。

正直に言って、専門知識のようなものはほとんど持ち合わせていない。

「俺は出身が田舎だからな。兄姉も多かったし、庭に大きい畑があって、いろいろ育てたぞ」

正式にパーティを組んだものの、そういえばラウルのことをあまり知らなかったなと思う。なので、こうして話ができるのは楽しい。

「へぇ。確かに家族が多いと、食料が大変そうだよね。何人兄弟なの？」

「姉が三人と兄が二人で、俺が末っ子だな」

「え、六人兄姉⁉　すごっ‼」

大家族だ！

「賑やかで楽しそうだねぇ」

転生後の私は家族に恵まれなかったこともあり、そう言葉をかけたのだが……なぜかラウルの顔は曇ってしまった。

「……まあ、家族が多いのは楽しいよ。でも、田舎だからな。王都や大きな街みたいに騎士や兵士がいるわけじゃないし、結構大変なんだ」

「そっか……。村だと、魔物が出たときとか危険だもんね」

安易に楽しそうでいいなと思ってしまったけれど、田舎には田舎の大変さがあるのだろう。もしかしたら、ラウルはそういったところもあって冒険者を選んだのかもしれないね。

少ししんみりしてしまったが、タイミングよく雑貨屋に到着した。庭先で育てる程度の苗ならば、雑貨屋の片隅で売っている。


「……で、何を育てるかだな」

「ラウルが経験者だから、なんでもいける気がする」

「あんまり期待しすぎないでくれ……」

ラウルは苦笑しつつ、どんな苗があるか見ていっている。今は初夏ということもあって、苗といいつつ結構育ってきている。


……これだけ成長してるんなら、すぐ収穫までいけるかも。

「トマト、キュウリ、ピーマン、ナス、オクラ、カボチャ……結構いろいろあるな」

ラウルは苗を見比べて、「どれも悪くなさそうだ」と言う。

「この中の苗だったら、どれでも大丈夫そう？」

「そうだな。苗からだし、そこまで難しくはないと思う」

となると問題は、栽培スペースだろうか。

キャンピングカーもレベルアップしたとはいえ、ものすごく広いというわけではない。そんなにたくさんの野菜を育てることはできないだろう。

私は悩んだ末、「そうだ！」と閃《ひらめ》いた。

「私とラウルで、それぞれ野菜を一つ選ぶのはどう？　それで、二種類育てるの」

「いいな、それ！」

賛成してくれたので、私はすぐさまトマトを手に取った。

なんといっても彩を考えたら、トマト！　トマトは生でも焼いても茹でても美味しいし、お手軽なのに優秀なのだ。

「決めるのはやっ！　じゃあ……俺は……これかな？」

ラウルが少し悩んだ末に手に取ったのは、オクラだ。

オクラはレンジでチンすれば手軽に食べられるし、あのネバネバ具合も私は結構好きだ。いいと思うと頷く。

「オクラ好きなんだ？」

「いや、特別好きってわけでもないけど……オクラは成長が早いだろ？　どんどん収穫できるから、ダンジョンなんかだと重宝すると思う」

「なるほど……！」

逆にカボチャみたいに収穫量があまりないものは、最初に育てる野菜としては向いていないかもとラウルが告げる。

成長速度や量はあまり考えていなかったけれど、確かにダンジョンなどで食べるために行う家庭菜園なら大事なことだ。

……トマトもピッタリじゃん！

「じゃあ、最初のキャンピングカー菜園はトマトとオクラで決定！」

「おう！」

『にゃっ！』

トマトとオクラの苗を三つずつと、それを植えるための鉢とジョウロを購入した。

自分たちで育てた新鮮な野菜をキャンプで食べられるなんて、楽しみで仕方がない！

キャンピングカー菜園

「キャンピングカー召喚！」

私が高らかに叫ぶと、目の前にキャンピングカーが現れる。

ここは街からヘリング王国側に出て三〇分ほど歩いた場所で、開けた草原だ。ここからキャンピングカーに乗って、瑞穂《みずほ》の国を目指す。

まずは買い込んだ食料やら何やらをキャンピングカーの居住スペースの最後部、トランク部分に運び込んだ。

食材類は冷蔵庫に入れ、肉は小分けにしてから冷凍庫へしまう。

いつもならここで作業を終えて出発するところだが、今日はまだやることがある。

「よーし、キャンピングカー菜園だっ！」

そう、買った苗――トマトとオクラを鉢に植える。そしてキャンピングカーのどこかに定位置を作り、菜園スペースを作るのだ。

……ん～～、楽しみ！

「じゃあさっそく……って、そういえば土ってどうしよう」

「え？」

肥料は購入したけれど、肝心の土を買い忘れてしまった。

私がなんてこったと頭を抱えていると、ラウルがきょとんとした顔で私を見る。

「何言ってるんだ？　土ならそこら辺にあるだろ？」

「あっ、そういう……？　でも、そこら辺の土でちゃんと育つのかな？」

野菜を育てるには土も大切だと聞いたことがある。そこら辺の土でも育ちはするだろうけれど、ちゃんと美味《おい》しく育つのかは心配だ。

私が難しい顔で悩んでいると、ラウルが笑う。

「大丈夫だと思う。大地のマナが多少は含まれてるだろうし、肥料も買ったから。ちゃんと美味しく育つよ」

「そっか、ならよかった」

ラウルの説明に胸をほっと撫《な》で下ろす。

大地には自然界のマナが含まれているとされていて、そのマナの保有量が多い場所では貴重な薬草などが育ちやすいとされているのだそうだ。

「どこの土がいいかな～？」

一度キャンピングカーから降りて、近くの地面を見てみる。

草原なので、どこを見ても植物が生えている。だけど、せっかくなら草花が立派に成長しているあたりの土をいただきたいなと思う。

「んー……。あ、あの木の近くはいいかも！」

『にゃっ』

私がめぼしい場所を見つけて走り出すと、おはぎもついてきてくれる。

私の身長よりも高い木があって、その根元に色とりどりの小さな花がいくつも咲いていた。きっと、ここの土はいい土だろう。

……まあ、単なる勘だけど。

「お、よさそうな土だな」

「本当？　ラウルにそう言ってもらえたら安心する」

俄然《がぜん》やる気になった私は、スコップでざくざく土を掘っていく。

「柔らかくて掘りやすい」

「んじゃ、まずは少し土を入れてくれ」

「うん」

ラウルが鉢を押さえててくれるので、土を入れる。そこに購入した苗を入れて、さらに上から土をかぶせた。

それから支柱に木の枝を立てて、倒れないように麻紐《ひも》で結べば完成だ。

力のある緑色で、トマトは花が咲いている。収穫できるのもそう先ではないだろう。

オクラはまだ花も咲いていないけれど、茎の部分がしっかりしているので収穫量にもなんだか期待が持てそうだ。

「ふふっ、収穫が楽しみだね。なんの料理を作ろうかな？」

トマトは小腹が空《す》いたときにもいで食べてもいいかもしれないし、オクラは蕎麦《そば》にトッピングしてもいいかもしれない。

……って、蕎麦の文化があるかはまだわからないんだった！

これは瑞穂の国に蕎麦があることを期待するしかない。

私が頭を唸《うな》らせていると、ラウルは「ミザリーの料理はなんでも美味《うま》いから、楽しみだ」なんて言ってくれる。

「ラウルにも期待してるよ？」

「あはは、期待に応えられるよう頑張るよ」

朝ご飯担当のラウルは、「サラダとかパンに挟むのがいいな」とすでにいくつか構想しているようだ。

……よし、私も育てた野菜で美味しいご飯を作るぞ！

野菜を植えた鉢はトランク部分、運転席から見て右側に置いた。左側は、ラウルの個人スペースとして使っている。

「これでよし、っと。それじゃあ、瑞穂の国に向けて出発しようか」

「ああ」

『にゃっ！』

私が運転席に行くと、ラウルも助手席に座る。私たちの間におはぎが陣取ったのを見て、いざ出発！　の前に、カーナビに目的地を設定する。

「えーっと、瑞穂の国……っと」

キャンピングカーにはインパネがついていて、カーナビも搭載されている。指で画面をスライドさせれば、現在地からさらに先まで見ることが可能だ。

地図を見た結果、私たちが今いる場所から瑞穂の国へ行く途中には、いくつかの街や村があるようだ。

……とはいえ、全部寄って行く必要もないよね。

「大きな街だと、砂漠の手前にサラビッタの街があるね。あ、砂漠の中に大きなオアシスもあるみたい。ここ、寄ってみたいなぁ」

「オアシスの場所までわかるのか⁉　すごすぎるだろ……」

ラウルの言葉に、私は苦笑しつつ頷《うなず》く。

サラビッタの街の先に広がる砂漠は、越えるのがとても大変なのだそうだ。

冒険者ギルドでは、左端――西側の砂漠範囲が少ないので、ガイドを雇ってそこを通るのが一番よいと言っていた。

つまり砂漠はみんな西側を通るため、そこ以外の情報がほとんどないのだ。移動距離も増えるし、砂嵐だって起こるだろう。それを考えると、遠回りだけど西側のルートが安心なのだ。

……本当、カーナビってすごいチートだ。

「砂漠の先には……町と、さらにその先に村が二つあるね。そのさらに先の島が、瑞穂の国だ！」

私の目がキラリと光る。

「よーし、カーナビを瑞穂の国に設定……じゃなくって、サラビッタの街に設定！」

砂漠を越えるための情報収集はもちろんだけど、サラビッタの街まで二～三日かかりそうなので、食料補充もしなければならない。

そのため、直近の目的地はサラビッタの街だ。

私が出発しようとすると、ラウルが「討伐もしないとな」とカーナビを見た。

「あ、そうだった！」

「ミザリー、忘れてたのか？　瑞穂の国も楽しみだけど、冒険者としての仕事もしないとな」

ラウルにははっと笑われて、私は顔を赤くする。

「別に忘れてたわけじゃないよ？　ちょっとうっかりしてたというか……。冒険者ギルドで受けた、鉱山ウルフの討伐依頼だよね。鉱山ウルフだから……鉱山の近くにいるのかな？」

この周辺は鉱山が多く、そこで働く人たちがいる。そのため、鉱山近くに出る魔物には少し高めの値段設定で討伐依頼が常設されているのだ。

私はカーナビの青丸を見て、鉱山ウルフの位置を確認する。

カーナビ上に映る青丸が魔物で、赤丸が人間なのだ。

「あ、ここから少し右手に行ったところにある鉱山の近くに、鉱山ウルフが結構いるみたい」

「なら、そこで狩りをしてから街に行くか」

「うん」

『にゃ！』

まずは鉱山ウルフ討伐のため、キャンピングカーを走らせた。

しばらくキャンピングカーを走らせると、カーン、カーンという音が聞こえてきた。鉱山で採掘する音だろう。

周囲は草原から岩場に姿を変えて、走るとガタガタする。

「結構ゆれるな。たぶん、もうすぐ鉱山ウルフも姿を見せると思う」

「うん！」

『にゃうっ！』

音が大きくなるにつれて、カーナビの青丸に近づいていく。

「仕事場の近くに魔物がいたら、安心して作業もできないもんね。よし、頑張るぞ！」

私が気合いを入れたからか、すぐ鉱山ウルフが姿を見せた。

鉱山ウルフは肌の一部が鉱物になっていて、模様のようにも見える。

目はルビーのような赤で眼光が鋭い。額の中心から背中にかけて、個体差もあるが二〜三本ほど鉱石の角が生えている。

……強そう‼

心の中でひええっと叫び声をあげつつ、本当にあの強そうな鉱山ウルフを倒さなければいけないのだろうかと滝汗が止まらない。

一対一でも怖いのだけれど、前を見る限り――ざっと七匹の鉱山ウルフが目に入る。

「多い！　多すぎるよ、ラウル‼」

「うーん、確かにミザリーが戦うにはちょっと多いかもしれないな」

「ちょっとどころではない」

思わず真顔で返事をしてしまった。

私の様子を見たラウルは「そ、そうだな」と笑いながら、名案が浮かんだとばかりにポンと手を打った。

「だったら、何匹かキャンピングカーで倒すのはどうだ？　数を減らせば、俺もフォローしやすいし、ミザリーも戦えると思う」

「それだ！」

ラウルの案に全力でのっかることにして、私はぐっとアクセルを踏み込む。

キャンピングカーで魔物を倒すというのは、轢《ひ》き殺――キャンピングカーで体当たり攻撃をして吹っ飛ばすということだ。

精霊のダンジョンでは散々キャンピングカーで魔物を倒したので、これくらいならば私にもできる。

「いっけぇー！」

気合いの掛け声とともに発進し、その勢いのまま鉱山ウルフを倒す。魔物なので、倒すと光の粒子となって消える。残るのはドロップアイテムだけだ。

鉱山ウルフが消えた後には、角だった部分の鉱石がドロップアイテムとして落ちている。

私はそのままアクセルを踏み、一匹だけを残してほかの鉱山ウルフを倒した。

「まさか一匹しか残さないとは……」

ラウルの呆《あき》れたような声が聞こえたけれど、聞かなかったことにする。私に狼《おおかみ》数体を相手にしろというのは、ちょっと無謀だと思う。

ふいに、《ピロン♪》という音が車内に響く。

「あ、レベルアップだ！」

「おおっ！」

『にゃっ！』

キャンピングカーのスキルがレベルアップすると、インパネ部分でその詳細を見ることができる。

私はすぐに操作して、確認を行う。

《レベルアップしました！　現在レベル18》

レベル18　二段ベッド設置

「二段ベッド設置⁉」

まさかのベッドの設置に驚き、私はバッと後ろの居住スペースを振り向く。いったいどこに二段ベッドが設置されたというのだろうか。

私がソワソワしながら見に行こうとすると、「ちょっと待て」とラウルに肩を掴《つか》まれた。

「俺もすごく気になるけど、まずはウルフを倒すのが先だろ？　ドロップアイテムの回収だってしたいし」

『にゃうにゃう』

「うっ……。そうだね、先にウルフを倒しちゃおう」

ラウルとおはぎに止められては仕方がない。私は肩を落としつつも、キャンピングカーの外に出て――「ひょえっ」と悲鳴をあげた。

……なんとなく降りちゃったけど、そうだよ外にはウルフがいるじゃん‼

私の冷や汗は先ほどよりも勢いを増し、「ラウル、ラウル～！」と必死にラウルにヘルプを求める。

鉱山ウルフはこちらの様子を窺《うかが》っているだけで、まだ襲いかかってはきていないけれど、それも時間の問題だろう。

「おはぎは絶対に外に出ちゃ駄目だよ！　キャンピングカーの中で待っていてね」

『シャーッ！』

私の言葉に、おはぎはキャンピングカーの中で鉱山ウルフを警戒しているようだ。本能的に、近づくのはよくないと思ったのかもしれない。

……よかった、キャンピングカーから降りた瞬間に襲われなくて!!

「ミザリー、短剣を構えろ!!」

「うあっ、は、はい!!」

怒鳴るようなラウルの声に、私は反射的に腰に装備していた短剣を鞘《さや》から抜いて構えた。

「前に敵がいるんだから、武器はちゃんと構えてくれ……」

「ご、ごめん。うっかりしてた……」

うっかりなんて言葉では済まされないような失態だが、やらかしてしまったものは仕方がない。

運転席から見たときはそこまで気にならなかったけれど、いざ対峙《たいじ》してみると鉱山ウルフの大きさに圧倒される。

体長は一メートルほどで、凶悪な大型犬をさらに一〇倍くらい凶悪にした感じと例えたらわかりやすいだろうか。

「ラウル、めっちゃ怖いんだけど！　私、戦える気がしない……」

『ガウッ！』

「えっ!?」

私がへっぴり腰で弱音を吐いた瞬間、鉱山ウルフは私を獲物だと認識したのか、思いきり大地を蹴って一気に距離を詰めてきた。

……睨《にら》み合いに負けたら駄目だったやつ!?

眼前に迫ってくる鉱山ウルフが、まるでスローモーションのように映る。

咄嗟《とっさ》に構えていた短剣を前に出すと、飛びかかってきた鉱山ウルフの爪に当たった。どうにか攻撃を防げたようで、鉱山ウルフは後ろに跳びのく。

……すごい、攻撃を防げた！

「ミザリー、ウルフが怯《ひる》んでる！　そのまま攻撃するんだ！」

「このまま⁉　……っ、やあぁぁっ‼」

私は勢いよく鉱山ウルフに向かって、短剣を振り上げた。が、鉱山ウルフだって馬鹿ではない。私の攻撃を横に跳んで躱《かわ》す。

が、私の目はそれを簡単にとらえてしまった。

……すごい、ウルフの動きが見えるし、わかる。

振り下ろした短剣を今度は勢いそのまま横から斜め上へと振り上げる。見事、鉱山ウルフに命中し、倒すことができた。

「倒せた……。しかも、一撃⁉」

「やったな！」

無我夢中だったとはいえ、自分がこんな簡単に鉱山ウルフを倒せてしまったことに驚きを隠せない。

私が放心状態で感動していると、ラウルがニッと笑う。

「キャンピングカーであれだけ魔物を倒してるんだから、ミザリー自身のレベルだって上がってるさ」

「そっか、そうだよね」

この世界は元々乙女ゲームの世界なので、レベルという概念自体はあるけれど、ふんわりしているのだ。

だから、自分が強くなったのかどうかは戦ってみて、少しずつ実感していくしかない。

鉱山ウルフが光の粒子となって消えた場所に残った鉱石の角を拾い、私はぐっとガッツポーズを取る。

「よっし、討伐依頼達成！」


鉱山ウルフを倒した私たちは、出発！　――の前に、レベルアップしたキャンピングカーを確認することにした。

キャンピングカーがレベルアップしたときが、一番ワクワクするね。

「さてさて、二段ベッドはどこに設置されたのかな？」

居住スペースに入ってみると、後ろのトランクスペースに二段ベッドが設置されていた。手前側はキッチンやテーブルなどの生活空間になっているので、寝室スペースと考えたら合理的だ。

二段ベッドは木製で、マットレスだけ敷いた状態で設置されていた。すぐにでも寝ることができそうだ。

プライバシーを守るため、それぞれカーテンで仕切れるようになっている。スキルなのにきちんと配慮されていて、さすが！　と絶賛するしかない。

足元の部分には梯子《はしご》がついていて、そこから上れるようになっている。屋根には天窓もついていて、上の段でも明るさが確保されていた。

「わあぁぁ、いいね、いいね！　二段ベッドって、なんだか憧れちゃう！　カーテンを閉めたら秘密基地っぽいし」

ワクワクが止まらない私の横で、ラウルが「あれ？」と呟《つぶや》いた。

「ここ、野菜を置いてただろ？」

「あっ!!」

そういえばそうだった。

野菜はいったいどこに消えてしまったのかと私が慌てていると、おはぎが軽やかな足取りで上段へと上っていった。

『にゃっ！』

何かを主張するおはぎを見て、私は急いではしごに足をかける。二段も上れば、上段を覗《のぞ》き見ることができる。

上段のベッドの上には野菜の鉢が並んでいた。

「よかった、野菜は無事だった!!」

私がほっと胸を撫《な》で下ろすと、ラウルが背伸びをして上段を覗いて「本当だ」と笑う。

「天井に窓もついてるし、野菜を育てるのに案外ちょうどいいスペースかもしれないな」

「確かに！　ここを野菜スペースにしよう！」

ラウルの案を採用し、キャンピングカー菜園は二段ベッドの上段で行うことにした。

「あ、でもマットはいらないよね」

ベッドにはマットが敷いてあるのだが、鉢もマットの上に載っている。さすがにマットが汚れてしまうのは避けたいし、何より不安定になる。

急いでマットを外して、鉢をベッドの板の上へ置く。ここなら平らなので、鉢が倒れたりすることもないだろう。

マットはどうしようかと考え、下段のベッドの上に重ねてみた。

薄いマットよりも、厚いマットの方が寝心地はいいはずだ。たぶん。

「どうかな、ラウル」

「いいんじゃないか？　柔らかくて、寝やすそうだと思う」

『にゃん』

ラウルがマットを手で押し、おはぎは楽しそうにコロコロ転がっている。

「なら、ここをラウルのスペースにしようと思うんだけど、どうかな？」

「え、いいのか？」

「もちろん。テーブルとソファをいちいちベッドにするよりは楽だし、寝心地もこっちの方がいいと思う」

「なら、ありがたく使わせてもらう。ありがとう」

これでラウルの寝る場所もきちんと確保できたし、居住空間としてキャンピングカーもだいぶ整ってきたと言っていいだろう。

「二段ベッドの確認もできたし、サラビッタの街に向けて出発しようか」

「おう」

私とラウルが運転席に戻ろうとしたが、おはぎの声が聞こえない。どうしたのかと思いベッドを見ると、おはぎは気持ちよさそうにすやすや眠っていた。

「お昼寝の時間かぁ」

「このまま寝かしといてやろうぜ」

「うん。おはぎを起こさないように、ゆっくり安全運転しないとね」

ラウルと二人でくすりと笑い、静かに二段ベッドの前を後にした。

キャンピングカー間取り

Lv18
キャブコンバージョン

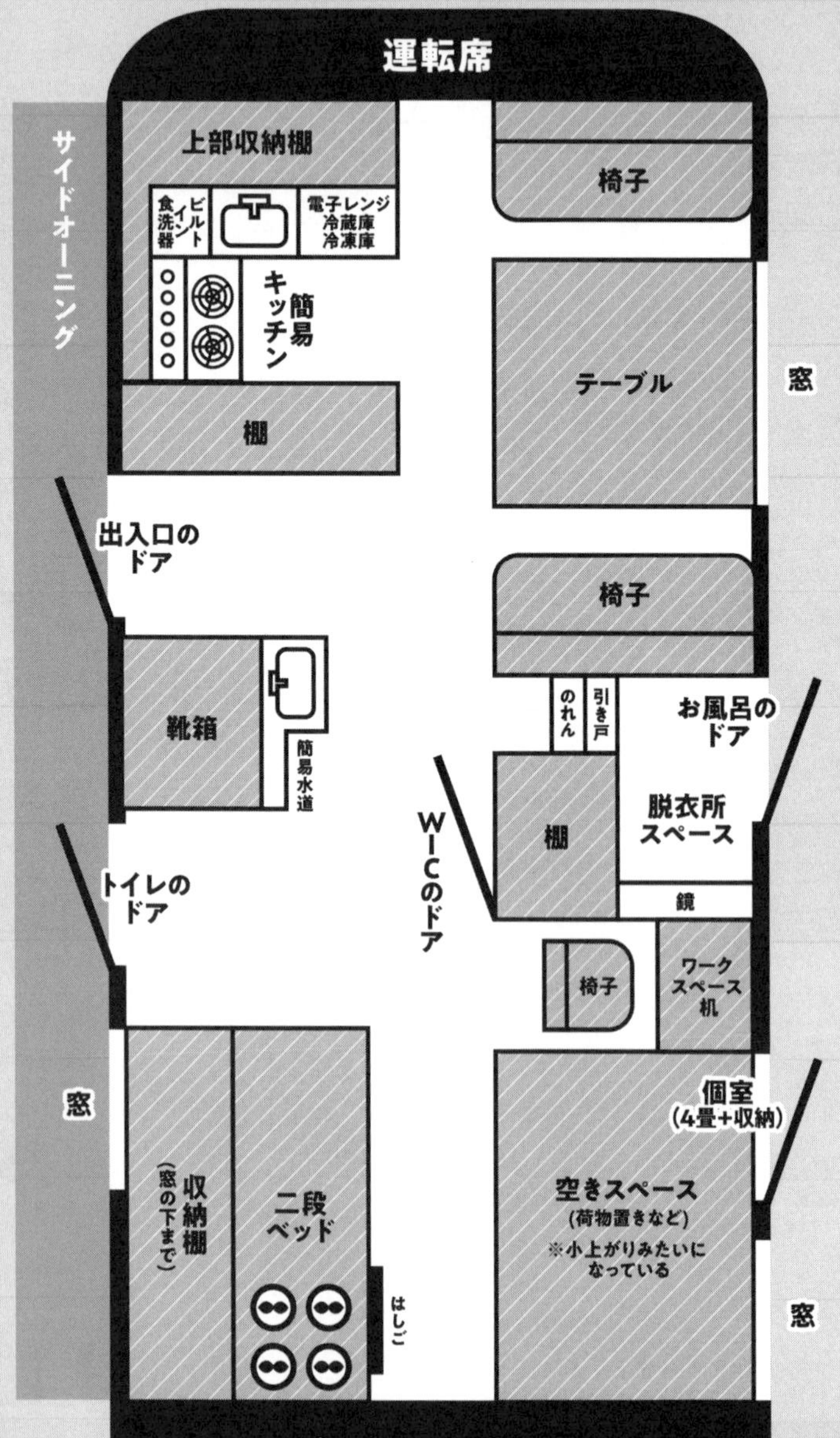

岩料理　～アツアツ岩のベーコンと目玉焼き～

それから三日ほど車中泊をし、私たちは砂漠の手前にあるサラビッタの街へやってきた。

「キャンピングカーとはいえ、砂漠越えだよね。厚手の外套《がいとう》とかも、用意した方がいいかな」

「そうだな。アクシデントでキャンピングカーの外に出る場合もあるかもしれないし、備えはあっていいと思う」

そんなことを話しながら、街へ入る。


サラビッタの街は、色とりどりのタイルが地面にしかれている街だった。どうやらタイルがこの地の工芸品のようだ。

街や村によっていろいろな特産品があるため、初めての街に来るのはとても楽しい。新しい発見や、出会いがある。それも旅の醍醐味《だいごみ》だ。

いたるところに工房があり、タイルを焼いているのが目に入る。

砂漠が近いこともあって、ときおり風に舞って砂が飛んでくる。砂から身を守るため、厚手の外套を着ている人が多いようだ。

……やっぱり厚手の外套は必要そうだね。

「ミザリー。ギルドで討伐依頼の報告をして、砂漠の情報をもらおう」

「うん」

『にゃっ！』

ラウルの言葉に頷《うなず》き、まずは冒険者ギルドへ向かった。


冒険者ギルドは、建物の外観こそその街の特色が出るが、中の作りはどこも同じだ。冒険者の服装も、砂漠対策の外套はあるがほかと代わり映えはない。

私は慣れた足取りで受付へ行き、依頼の処理をお願いする。

「依頼達成、おめでとうございます」

「「ありがとうございます」」

受付嬢が手際よく報酬を準備してくれて、報告はすぐに終わった。

さて、ここからが本題だ。

「この先の砂漠に進みたいんですけど、何か情報はありませんか？　砂漠の地図とか、どんな魔物が出るとか」

尋ねると、受付嬢は「えっ」と大きく目を見開いた。

「……ここからの砂漠越えは、お勧めしません。西へ行くと村があるので、そこで案内人を雇いラクダを借りて越えるのが一般的です」

「あー……」

ロックフォレスの街の冒険者ギルドで聞いた説明と同じだった。

少しでも情報があったらよかったのだけれど、全然なさそうだ。私がお手上げだと思っていると、ラウルが質問を口にした。

「ということは、ここから砂漠に行く人はまったくいないんですか？」

「ほとんど人の立ち入りがない砂漠ですから、何か大発見があるかもしれない……と、入っていく冒険者はときおりいます。が、戻ってくる人の方が少ないですね。砂漠を入ってすぐのところであれば、討伐依頼の魔物がいるので立ち入ることはありますが……砂漠越えを考える人はいないと思いますよ」

「それは……怖いですね」

戻ってこないと聞き、思わず体が震えた。

「砂漠に出る魔物は、砂人形、スコリピオン、砂地獄、ワームです。お二人はランクも高いですし、魔物との戦闘自体はそれほど問題ないと思います。ただ、砂地獄の罠《わな》には気をつけてくださいね」

「ありがとうございます」

要注意と言われた砂地獄は、砂の底に潜んでいて、敵を砂の中に引きずり込む魔物だ。くぼんでいる砂地が罠なので、それに注意して進めば問題ないだろう。

……カーナビで魔物の位置を注意して見とかないと、大変なことになりそう。

私一人だと見逃してしまう可能性があるので、砂漠では絶対ラウルに助手席に乗ってもらってカーナビを見てもらった方がよさそうだ。

冒険者ギルドで情報を仕入れた後は、厚めの外套と食料を買い込んで街を出た。

サラビッタの街から三〇分くらい走ったところが、砂漠への入り口だった。

キャンピングカーから降りて外へ出てみると、じりじりと太陽の熱に照らされた砂漠の空気にやられてしまう。

湿度がほとんどないためカラッとしてはいるが、暑いものは暑い。

サラサラの砂を手ですくってみると、その熱さに思わず「あっつ！」と叫んで砂を捨てた。真夏のコンクリートを裸足《はだし》で歩くより辛《つら》いかもしれない。

肌はすぐに乾燥してしまいそうだし、安い日傘では立ち向かえない場所であろうことをひしひし感じてしまう。


『にゃうぅ……』

おはぎは嫌そうに顔をしかめると、私の肩に跳び乗ってきた。地面に近いと砂漠の熱が体にくるので、おはぎにはきついのだろう。

……私も冒険者として体力はついてきたけど、この中を延々歩けと言われたら死ねる自信があるよ。

「キャンピングカーに空調がついててよかった。もし迂回《うかい》して西のルートを通ったとしても、この暑さはきついよ」

「だな。ミザリーのキャンピングカーに感謝だ」

砂漠見学はこれで十分と、私たちはキャンピングカーに乗り込んで出発した。

次の目的地に設定したのは、砂漠の真ん中あたりにある大きなオアシス！

せっかくなので、オアシス観光をしてみたい！　と、私がラウルにお願いしたのだ。実際のオアシスなんて、物語の中でしか見たことがない。

ラウルもオアシスには興味があったようで、すぐに快諾してくれた。

「おっとと、砂漠の中を走るのって……かなり大変だね」

サラサラの砂の深いところで、タイヤがとられそうになってしまう。慌てずゆっくりアクセルを踏み、慎重に走っていくしかない。

砂漠を越えるのは、思っていたより日数がかかるかもしれない。

……そういえば、前世には砂漠を走るのに適した自動車があったもんね。

キャンピングカーが適しているかといえば、間違いなく適していない方に分類されるだろう。

私が慎重に運転していることもあって、ラウルもいつもより外を見ている。砂漠が珍しいのはもちろんだけど、魔物の出現にも警戒してくれているのだ。

「こんな砂の中を走るって、今までなかったもんな」

「うん。魔物も出るし、さすがにちょっと不安になるかも」

私がそんな言葉をこぼすと、ラウルが「まあ、大丈夫だろう」と軽く言う。

「これでダンジョンの中だって走ったんだぞ？　それに比べたら、砂漠なんてへっちゃらだと思う。……俺の体感だけど、レベルが上がる度に少しずつキャンピングカーが頑丈になってる気がするんだ」

「え、本当？」

キャンピングカーが頑丈になっているというラウルの主張に、私は目を見開いて驚いた。

レベルアップで設備がグレードアップするのはわかるけれど、装甲面は何もお知らせがなかったからだ。

「絶対とはいえないけど、岩とか壁にぶつかったときにできる傷が浅くなってる気がするんだよな。走りも安定してるし」

「なるほど！」

広い草原などを走るときは問題ないけれど、ダンジョン内では壁にぶつかってキャンピングカーをボコボコ……とまではいかないけれど、いくつか傷をつけてしまった。

レベルアップするたびに外装は綺麗《きれい》に修復されていたので気にしていなかったけれど、強くなってくれているなら嬉《うれ》しい。

……もっと頑張ってレベルアップさせなきゃだね。

あとは、私の運転技術の向上もあるかもしれない。

「あ、ミザリー。まっすぐ行くと魔物がいるから、もう少し右よりに走った方がよさそうだ」

「わかった」

目視とカーナビで随時魔物を確認しているラウルの指示に従い、私は右にハンドルを切る。

砂漠の魔物はすべて避けて通ることにした。

キャンピングカーで魔物を倒すこともできるけれど、地面が砂なので何かあって横転……なんてことになったら大変だからだ。

「よしっ、この調子で進んでいこう！」

「おー！」

『にゃっ！』

その後もラウルの指示で魔物を回避し、慎重に砂漠を進んでいった。


「今日はここら辺で休んだ方がよさそうだな」

ラウルが空を見上げてそう告げた。

「もう？」

「砂漠の夜はきついって聞くし、不慣れな環境のときは無理しないのが一番なんだ。これ、冒険者の鉄則だぞ？」

「確かに」

まだ夕方にもなっていないが、砂漠の夜は冷え込むし、暗い中での移動は危険もあるのでその判断には賛成だ。

「どこかキャンピングカーを停《と》めとくのにいい場所があるかな？」

大きな岩陰などがあったら、砂嵐が起きても防げてよさそうだなと思う。私はそんな場所がないか、キョロキョロ周囲を見回して——見つけた。

「ラウル、あそこの岩陰に停めるのはどう？」

「あ、よさそうだな」

見つけたのは、大きな岩が数個固まっている場所だ。わずかにくぼみのようになっているので、そこを駐車場のように使うのがいいだろう。

私はキャンピングカーを停めて、ぐぐーっと背伸びをする。心なしか、いつもより体が固まっている気がする。

……やっぱり慣れない場所の運転は緊張するね。

「このまま居住スペースでのんびりするのもいいけど、ちょっとだけ外に出てみる？　……まあ、焚《た》き火はできないけど——あ！」

「ミザリー？」

思いついたとばかりに手を叩《たた》くと、ラウルが首を傾《かし》げた。

「ちょっとやってみたいことがある……かも！　ラウル、卵を持って外に行こう！」

「卵……？」

首を傾げるラウルをよそに、私は冷蔵庫から卵を取り出した。

購入したばかりの外套を羽織り、私たちは外へ出た。おはぎは私の肩に乗っているけれど、暑さは大丈夫だろうか？

顔を見ると、思っていたよりも平気そうな顔をしている。

……猫って、元々砂漠の方に生息してたんだっけ？　暑さには強いのかもしれないね。

「無理しないでね、おはぎ」

『にゃっ』

私はキャンピングカーのすぐ横の岩場を見て、腰位の高さの岩に目を付ける。比較的平らになっているので、扱いやすそうだ。

おそるおそる指先で岩に触れると、ものすごく熱くて思わず「あつっ!!」と叫んでしまった。砂漠の岩、オソロシイ。

それを見ていたラウルが、慌てて横に駆けてきた。

「何やってるんだ、ミザリー！　さっき砂で同じことやっただろ!?」

「はい……。でも一応確認したかったんだよ」

「確認？」

ラウルはわけがわからないと肩をすくめるが、私には大事なことなのだ。

キャンピングカーから持ってきた卵を手に取り、それを岩の上で割った。すると、とたんにジュワァァと音を立て、卵白が固まり目玉焼きになっていく。

「おおっ、本当に焼けた！」

「あ、岩をフライパン代わりにしたのか」

卵が焼けるのを見たラウルが、納得したようにポンッと手を打った。

「こういうの、一度でいいからやってみたかったんだよね」

どこどこで焼いてみた〜という動画を何度か見たことがあって、いつかやってみたいと思っていたのだ。

お手軽なものだと、真夏の日の自動車のボンネットだろうか。

「………………でも、岩で焼いて汚くないのか？」

「それは……盲点だったかも」

岩は一見したら綺麗だけど、この砂漠には魔物が生息している。衛生面を考えると、よいとは言えないだろう。

「んー。それなら、この岩の上にスキレットを置いてみたらいいんじゃないか？」

「それいい！　ラウル天才!!」

私はついでとばかりにキャンピングカーの冷蔵庫からベーコンも持ってきて、卵と一緒にスキレットに入れて岩の上で焼いてみることにした。

すぐにジュワァァとベーコンのいい匂いが漂ってきて、容赦なく食欲を刺激してくる。

……これはクセになりそう！

「これ、焼けたらどうやって食べる？　そのままでも美味《うま》そうだけど、せっかくだしパンにでも載せるか？」

「あ、それいいね」

「じゃあ、パンの用意をしてくる」

「ありがとう」

今度はラウルがキャンピングカーに戻り、スライスしたパンを持って戻ってきた。一緒に載せて食べる用に、レタスも少し持ってきてくれている。

……さすがラウル、できる男！

私はラウルからパンを受け取り、せっかくだしともう一枚スキレットを用意し、岩の上に置いてパンを焼いてみた。すると、すぐに香ばしい匂いがただよってくる。

「うわ、美味そうな匂いだな」

「うん」

焼いたパンの上にレタス、ベーコン、目玉焼きを載せたら完成だ。

美味《おい》しそうな匂いにかぶりつきたくなったけれど、さすがにこの炎天下の中でのんびり食事をする気にはなれない。

……実はもう汗だくだよ！

私たちは慌ててキャンピングカーに避難した。

「『いただきます！』」

『にゃっ！』

おはぎには鶏肉を用意して、私とラウルは待ちきれないとばかりに岩で焼いた目玉焼きパンにかぶりつく。こんがり焼けていて、とっても美味しい。

「ん～、卵が半熟で美味しい！」

「ベーコンのうま味が格別だな」

「うんうん。砂漠は暑いだけで大変かと思ってたけど、こういうのはいいよねぇ」

砂漠だと焚き火はできないだろうから、ちょっと残念だったけれど……たまには違う料理方法もいいものだなと思う。


「ラウル、お風呂空いたよ～……って、あれ？」

食事を終えた後はお風呂に入り、さて今日はもう寝ようかな……と思ったところで、ラウルとおはぎがいないことに気づく。

「どうしたんだろう。靴がないから、外に出たのかな？」

料理のために外へ出たときは特に危険はなかったけれど、夜の砂漠はまた一味違うかもしれない。

私は不安になって、慌てて「ラウル！　おはぎ！」と叫んでドアを開けた。

「お、ミザリー。風呂から上がったのか」

『にゃっ』

外に出ると、外套を羽織ったラウルとおはぎが岩の上に座って空を見上げていた。

夜の砂漠は昼間とは違い、ひんやり冷たい空間だった。思わず肌をさすりながら、私はラウルに話しかける。

「お風呂から出たらいなくて、心配しちゃったよ」

「あ、悪い悪い。夜の砂漠を見てすぐに戻るつもりだったんだけど、すごくてさ」

そう言って、ラウルの指が空を差した。

私の視線がそれにつられて空に向き、次の瞬間には思わず感嘆の声をあげていた。

「――すごい、満天の星だ」

「だろ？」

『にゃっにゃっ！』

夜の冷たさなんて一瞬で忘れてしまいそうな景色は、まるでこの世界の宝石のようだなと思う。

キラキラ輝く星空を見ていると、この先の旅がとても希望に満ちるのを感じる。

「砂漠は大変だとばっかり思ってたけど……岩で料理をしたり、すごい星空を見られたり、いいこともたくさんあるね」

「そうだな」

『にゃ』

このままずっと一晩中、ラウルとおはぎと眺めていたい。

そんなふうに欲を抱いてしまったからか、ふいに寒さを実感して「へっくしゅ！」とくしゃみをしてしまった。

……っっっ、恥ずかしっ‼

「風呂上りだもんな」

「あはは……え？」

湯冷めしたら大変だと、ラウルが自分の外套を私の肩にかけてくれた。今までラウルが使っていたから、温かい。

「あ、ありがと」

「お、おう……」

なんとなく照れてしまったら、それにつられてラウルまで照れてしまった。

「えっと、綺麗だな」

「うん。見られてよかったし、これからももっとたくさんの景色を見たいね」

「そうだな」

私の言葉にラウルが嬉しそうに頷いてくれて、私も嬉しくなる。

……この世界には、きっとまだたくさんの景色や美味しいものがあるんだろうな。

国外追放から始まった旅だったけれど、ラウルとおはぎのおかげで、とても楽しいものになっていると実感できる。

……こんな日がずっと続くといいな。

そんなことを、満天の星に願った。

翌日も天気は快晴。

ジリジリした陽《ひ》ざしを顔に受けながら、私は砂漠の中を走っていく。カーナビのおかげで、魔物との遭遇率はゼロだ。

そして走ること数時間。

私の視界に砂と岩以外——緑が見えた。

「ラウル、おはぎ、オアシスだよ！」

「おおっ！　砂漠の恵みだ」

『にゃにゃっ！』

二人とも身を乗り出す勢いでフロントガラスに顔を近づけ、オアシスを見ている。

さっそくキャンピングカーをオアシスの横に停め、近くに魔物がいないことを確認してから外へ出た。

砂漠の中にぽつんとあったオアシスの規模は、小学校のグラウンドの半分くらい広さがある。

地面には柔らかな草が生えていて、バナナの木も生えている。何種類かの木には蔦《つた》がまきついていて、力強い緑の茂みを感じることができる。

そして中央にあるのは、砂漠ではとても貴重な水だ。

まるで噴水のように湧き出ていて、小さな泉と呼ぶのがちょうどいいかもしれない。

縁には色とりどりの花が咲いていていて、オアシスの豊かさの象徴のようだ。


「すご～い！」

『にゃにゃっ！』

私が声をあげるのと同時に、おはぎが地面に下りてはしゃぎ回った。草の上を駆け、泉のところへ行って前脚でチョンチョンと水遊びをしている。

もしかしたら、ずっとキャンピングカー生活だったので窮屈に感じていたのかもしれない。

……とはいえ砂漠はやっと半分きたところだからね。

オアシスでは思いっきりおはぎに遊んでもらおう。

私はおはぎのおもちゃにしている飾り紐《ひも》を取り出して、ちょいちょいっと揺らしてみせる。すると、すぐにおはぎが尻尾をフリフリして狩りモードになった。

飾り紐目がけてピョンッと跳びついてくるので、私はそれを華麗に避けて、飾り紐を持ったままその場でくるくる回る。すると、おはぎもそれを追いかけて私の周りをくるくる回ってはしゃぐ。

「楽しいね～、おはぎ！」

『にゃっ、にゃっ！』

おはぎがめちゃくちゃはしゃいでくれて、私の方が先に息が切れそうだ。

すると、こちらを見ていたラウルがうずうずして「俺も遊びたい！」と手を上げた。

「うん、遊んであげて」

私はここぞとばかりにラウルに飾り紐を渡し、ふうと一息つく。

……おはぎの体力、無限大だ。

休憩しようと泉の近くに座り、私は靴を脱ぐ。そして座ったまま足を泉の中に入れた。ひんやりした水が心地よくて、思わず「あ～～」と声が出た。

「気持ちいいぃぃぃ……」

後ろに倒れるように寝転ぶと、ふわふわの草に受け止められる。

……これはこのままお昼寝したら最高に気持ちいいのでは？

なんて思ってしまう。

が、すぐにジリジリとした太陽にやられてしまう。

オアシスの泉は冷たくて気持ちよくて、木々の葉で少し陽ざしが遮られてはいるけれど……暑いことに変わりはなかった。

おはぎの『にゃー！』という楽しそうな声を聞いて振り向くと、ラウルが飾り紐を高速で動かしていた。

それに食いつくおはぎがすごいけれど、涼しい顔で動かしているラウルもすごい。

「おはぎ、ここまでジャンプできるか⁉」

『にゃんっ！』

ラウルが顔の横位の高さまで飾り紐を上げたが、おはぎはなんなくジャンプして手でペシッとはじいてみせた。

「おはぎすごっ！　ナイスジャンプ‼」

たぶんおはぎの身体能力は全世界の猫でナンバー1だ。

しかし次第におはぎの息は上がって、疲れ果てた様子で私の隣にやってきた。

『にゃ……ハァハァッ』

「遊びすぎて疲れちゃったね。一緒に休憩しようか」

おはぎを撫《な》でながらそう言うと、私の手に頭を擦りつけてきた。そして呼吸が整うと、ころんと仰向《あおむ》けになって寝転んだ。

もちろんここぞとばかりにお腹《なか》を撫でさせてもらう。

「俺も休憩、っと」

「いっぱい遊んだね～」

「楽しかったぞ」

ラウルは満足そうに笑って、私と同じように靴を脱いで泉に足を入れて「あ～～っ」と声を出して伸びをした。

やはりこの泉の気持ちよさには誰も抗《あらが》えないのだろう。

「……それにしても、せっかくこんなオアシスがあるのに、知られていないのはもったいないね」

地図を作って冒険者ギルドに提出したら、購入してくれるんじゃないか？　と思う。

「確かに休憩場所としてこのオアシスがあるのはいいけど、道中が険しすぎて無理だな。俺たちはミザリーのキャンピングカーがあるからいいけど、普通は徒歩かラクダだからな？」

「それもそうか」

私のように一〇〇％魔物を避けることはまず不可能なので、魔物との戦闘は必須。しかも方向をしっかり確認していなければ、一瞬で迷うだろう。

たまに岩などはあるけれど、大きな目印はないので地図も作りづらい。

「今の私にできることはなさそうだね……」

「だな。もっと高レベルの冒険者になって、何かいい案があったらそのときに考えようぜ」

「うん」

ラウルの言葉に頷いて、申し訳ないけれど、このオアシスは私たちが独り占めすることにした。

それから三日ほどで砂漠を抜け、次の街に着いた。
そこでは食料の補充をするだけに留《とど》め、この陸地の最北端であるサザ村を目指し始めた。
「サザ村から北東にある島が瑞穂《みずほ》の国だね。……船とかが出てるのかな？」

「ギルドでもサザ村の情報はほとんどなかったから、行って確認するしかないな」

インパネで地図を確認してみると、サザ村と瑞穂の国の間にはいくつかの小島があるようだ。

一気に瑞穂の国に行けない場合、もしかしたら小島を渡って行くのかもしれない。

「考えることはいろいろあるけど、でもやっぱり楽しみなのは食！　和食カモン‼」

「俺も早く米が食いたいな」

ラウルも以前食べたお米――ガーリックステーキ丼を気に入ってくれて、和食を楽しみにしてくれているのだ。

「だよね！　お米もいろんな調理方法があるから、楽しみにしててね！」

炊いた白米をそのまま食べても美味しいけれど、タケノコご飯や栗《くり》ご飯、鯛《たい》めしなんてのも最高以外の何ものでもない。

そして何気に楽しみなことがもう一つある。

「私、海って初めてなんだよね」

「俺も初めてだ！　確か、でっかい湖みたいなやつだろ？」

ラウルの言葉に、私は「それはどうだろうか」と首を傾げる。

前世で海に遊びにいったことはもちろんあるが、海の説明をせよといざ言われたらなかなかに難しい。

「うーん……。でかくてしょっぱい湖って感じかな？」

半分説明をあきらめてそう告げると、ラウルは不思議そうな顔をした。

「あ、せっかくだから海沿いを走るのはどうだろう？　ちょっとだけ遠回りになっちゃうけど、いい景色だと思う」

「いいな、それ！」

『にゃ〜！』

私は名案だとばかりに、カーナビの設定を海沿いにする。これでサザ村まで海を見ながら行くことができる。

この世界で初めての海、楽しみだ。


カーナビの指示に従い走り、二時間。右手に海が見えた。

「ラウル、おはぎ、海！」

「おー、すごいな！」

『にゃっ！』

助手席側からだと見づらいかと思ったけれど、障害物がほとんどないため見晴らしがいい。

太陽の光を海面が反射し、キラキラ光っている。

海の色は透き通ったエメラルドグリーンで、白い砂浜も見える。まさに南国のリゾートビーチと言っていいだろう。

「この海を渡って瑞穂の国に行くって考えると、ワクワクするな」

「うん。よーし、飛ばしちゃうぞ！」

「ちょ、安全運転でいってくれよ⁉」

ラウルの言葉に笑いながら、私は一気に加速してサザ村へ向かった。

満月の道

海沿いを走りながら到着したへリング王国のサザ村は、漁業の盛んなところだった。

リシャール王国からシーウェル王国へ行き、ついに三カ国目だ。瑞穂《みずほ》の国へ着いたら四カ国目になるので、ものすごい勢いで旅をしているなと改めて思う。

……もしかしたら、世界一周も夢じゃないかも。

サザ村は、潮風の匂いのする村だ。

屋根は赤褐色のレンガが多く、建物には統一感がある。

海には複数の桟橋がかけられていて、小型の船がいくつもある。あまり沖へ行くことはないようで、近場で漁をしているのだという。

子供たちは海で遊びながら、潜って貝を取ってよく夕飯のおかずにするそうだ。


「うちの村に旅人がくるなんて、珍しいな」

「魚が美味いから、ゆっくりしていってくれ」

私たちが到着すると驚かれたけれど、村の人たちは温かく迎え入れてくれた。ありがたい。

「のどかな村だねぇ」

「なんていうか、落ち着くな。人も優しいし」

『にゃう』

私の言葉に、ラウルとおはぎが同意してくれた。

「まずは一休みして、観光かな？」

「そうだな。瑞穂の国に行く船が出てるのかも聞かないといけないし」

サザ村には冒険者ギルドがないので、聞き込みを行うのは主に食堂や宿、村の人々だ。

道行く人が「村に一軒だけある食堂が宿もやっているよ」と教えてくれて、私たちはそこへ向かった。


しかし、順調だ——と思っていたのも束《つか》の間。

「えええっ、瑞穂に行きたい⁉　無理だよ、やめときな！」

「「えっ⁉」」

『にゃ？』

食堂兼宿屋で瑞穂の国のことを聞いたら、一蹴されてしまった。

一階が食堂で、二階で数部屋だけ宿をやっているこぢんまりとしたお店だ。恰幅《かっぷく》のいい女将《おかみ》が、瑞穂の国のことを教えてくれた。

「どうしてですか？　今は船が出てない、とかですか？」

行けない理由が知りたいと例えをあげてみると、女将さんは「そういう問題じゃないんだよ」と軽く首を振る。

「瑞穂まで続く海は海流が渦巻いていて、とてもじゃないけど船で通ることはできないんだよ。大きな船を用意しても、沈んじゃうからね」

「海流が……」

渦潮のようなものだろうかと考え、確かにそれだと船で海を渡るのは無謀だろうと納得する。巻き込まれて船が沈没、なんてことになったら笑えない。

……でも、まったく交流がないわけじゃないよね？

精霊のダンジョンで会った冒険者はおそらく瑞穂の国の出身だったから、行き来するなんらかの手段はあるはずだ。

「村の人は、瑞穂に行かないんですか？」

「私たちかい？　行かないというか、行けないよ！　確かに珍しい調味料や食材もあるけど、なくったって問題はないしね」

「そうなんですか……」

どうやら交流はほとんどないみたいだ。

「どうして瑞穂に行きたいんだい？」

「今言っていた、珍しい調味料や食材が一番の目的ですね」

観光もしてみたいけれど、一番は和食だ。

「あー、確かにあれは好きな人は好きな味だからね。うちの村にも、好きな人はいるよ」

「交流がなくても、調味料や食材はあるんですか？」

もしかしたら、立地的に気候が似ていて同じ作物や、作り方などがサザ村と共有しているのかもしれない。

私が期待のこもった目で聞くと、女将は肩をすくめた。

「私たちが瑞穂に行くことはできないけど、たまに瑞穂の人間がこっちに来るのさ。そのとき、調味料や食材が余ってたら売ってもらうんだ。だから、この村でも滅多《めった》に手に入れることはできないんだよ」

「なるほど……」

となると、この村で調味料を手に入れることは難しそうだ。私がむーんと考えこむと、今度はラウルが口を開いた。

「……じゃあ、瑞穂からサザ村に来る人はどうやって来てるんですか？　話しぶりを聞く限り、人が来ることもあるんですよね？」

これは私も気になった。瑞穂の国から人が来られるのであれば、こちらから行くことも不可能ではないはずだ。

……何か、特殊な行き方があるのかな？

「ああ、たまにいるよ。でも、やってくるのはみんな腕に覚えのある奴《やつ》だからね」

「腕に覚えがないと来られないってことですか？」

「満月の夜の間だけ、うちの村と瑞穂の間の海の水がさああっと引くんだよ。だから、そこを通って来るんだ」

思いがけない方法に、私は目を瞬く。

……え、それなら簡単に瑞穂に行けそう！

私の顔がぱあっとほころんだのを見た女将が、「歩いたら三日はかかるんだよ」と言った。

「満月の夜しか道はできないから、海が戻る前に近くの小島に避難して次の満月を待たなきゃいけないんだ」

「え、すごく大変じゃないですか……」

満月は一カ月の間に一日だけだ。

つまりサザ村と瑞穂の国を行き来しようとすると、満月と満月の間の一カ月を岩の上で過ごさなければいけないということだ。つまり、海の上。

「超過酷じゃん!!」

「だろう？　とてもじゃないけど、私たちのような一般人には行けないんだよ」

私が理解したのを見た女将は、力強く頷《うなず》いた。

……うーん。でも、徒歩で三日でしょ？

「キャンピングカーなら余裕かも」

「だな」

『にゃう』

ぽつりと呟《つぶや》いた言葉に、ラウルとおはぎが頷いてくれる。

私とラウルがニッと笑ったのを見た女将が、目をぱちくりさせて「おや」と声をあげた。

「なんだい、何か名案でもあったのかい？」

「私のスキルは、移動に特化したスキルなんです。だから、一晩あれば瑞穂の国に行けると思うんですよね」

「移動のスキル？　すごいものを持ってるんだねぇ。次の満月は三日後だから、挑戦するなら気をつけていっておいで」

やっぱり移動スキルは珍しいらしく、女将は感心しっぱなしだ。

「土産話を楽しみにしているよ」

「はいっ！」

村の北の船着き場横の入り江から出発できると教えてくれた。


瑞穂の国へ行く方法がわかったので、私たちはそのまま食堂で浜焼きを堪能した。

「新鮮な魚介類、最高すぎる……‼」

「美味いなっ！」

『にゃっにゃっにゃっ‼』

貝類を炭火で焼いてくれて、それに少量の塩をかけて食べる。おはぎは茹《ゆ》でてもらった魚を美味《おい》しそうに口にしている。

それがとても美味しくて、魚、貝、海老《えび》などを漁師から購入した。

サザ村に着いてから三日後。

たっぷり昼寝をした私たちは、満月の夜の入り江へやってきた。ほかに人はおらず、ざざん、ざざん……という波の音だけが響いている。

教えてもらった入り江は岩場になっていて、魚が泳ぎ、珊瑚《さんご》が見える。月明かりしかないけれど、昼間に見たらとても綺麗《きれい》だろうなと思う。

そしてまっすぐ前を見ると、島が見える。

あれが瑞穂の国だろう。そしてその周辺にはいくつか小島があり、沖は目視でもわかるくらい海流が渦巻いているのがわかる。

……ここを船で進むのは無謀以外の何ものでもないね。

沈没の文字が脳裏をよぎり、思わず震えた。

「でも、満月の夜だけ道ができるなんて不思議な話だな」

ラウルの言葉に、私は頷く。

「海だから潮の満ち引きでそういう現象もあるだろうけど、満月の夜だけだもんね。マナとか、そういう自然界の何かが関係してるのかもしれないね」

現実世界としてここで生きてはいるけれど、元はゲームの世界だ。

科学的に証明できないことなんていくらでもあるし、そういう仕様だと言われてしまえばどうしようもない。でなければ、魔物が死んだらドロップアイテムが出ることも説明しなければならなくなってしまう。

風を感じながら海を眺めていると、ふいに波の音が変わったことに気づく。

ざざん、ざざんと聞こえていた波の音が瞬間的に大きくなり、その後ざああああああっと引いていく。

魚が海と海の間を飛んで、満月の光に導かれるように――海が割れた。

「……すごい」

「なんて、これ」

『にゃうう』

言葉がなくなるとは、まさにこのことだろうか。

私は息を呑《の》んで茫然《ぼうぜん》としたまま、じっとできあがった道を見る。

濡《ぬ》れた砂を辿《たど》るように視線を動かすと、できあがった道の先は見えないが、瑞穂に続いているのは間違いないようだ。

「って、早く移動しよう！　道ができてるのは、夜の間だけだろ？」

「そうだった‼」

道ができている間に渡らなければ、私たちは海に飲み込まれてしまう。

「——キャンピングカー召喚！」

召喚したキャンピングカーの運転席に乗り込み、私は念のためカーナビで地図を確認する。見ると地図も変化していて、私たちがいる場所、つまり海の中に道が表示されている。

「万能か⁉」

思わず突っ込んでしまったが許してほしい。

「本当に一本道みたいだな。魔物もいないし、時間との勝負か」

「うん。じゃあ、さっそく出発しようか」

ラウルとおはぎが助手席から一緒に地図を確認してくれるので、私は安心してアクセルを踏む。

ブロロロ……とキャンピングカーがゆっくり走りだした。


満月の道は、とても単調だった。

ときおり岩や大きめの珊瑚はあるけれど、道の横幅は四車線道路ほどある。キャンピングカーという巨体でも、簡単に障害物を避けることができた。

ラウルも地図を確認してくれてはいるけれど、手持ち無沙汰だ。おはぎも暇だったからか、ラウルの膝の上で寝てしまった。

「……そういえば、ミザリーはどうして旅をしてたんだ？　冒険者になるのはいいと思うけど、箱入りのお嬢様っぽかったし」

「え？　私？」

ただただ走っているだけでは味気ないと思ったのか、ラウルが雑談のような感じで口を開いた。

……私は悪役令嬢として追放されて、冒険者として生活を始めた。

あれ以降、家とも国とも連絡は取っていないけれど、おそらく追放された私の今の身分は平民なのではないかと思う。

「うーん……」

ラウルになら、私が貴族だったことを含め話しても問題ないと思う。正式にパーティを組んでいるし、信頼している。

「でも、楽しい話じゃないんだよね」

そう言って苦笑してみせる。

「ラウルの家は、家族仲がよさそうだよね」

私がそう問いかけると、ラウルは頷いた。

「私の家……というか、私は家族からあまり快く思われてなかったんだよね。ほら、私って黒髪でしょう？　それも気に食わなかったみたいで」

「黒髪を？　それって、闇属性を気にしてるってことか？　今どきそんなの気にするなんて、一部の貴族くらいじゃ――」

そこまで言って、ラウルはハッとした。

そして何かを考えつつ……「やっぱりそうだよな」なんて口にした。

……まあ、平民生活に不慣れな私を見られてるし、わかっちゃうよね。

「うん。私は貴族の生まれなの。……勘当されて、いや、私から縁を切ったって言った方がいいかな？ まあ、そんな感じで国外追放されて今にいたるの」

「国外追放⁉」

縁を切ったどころの話ではなかったので、ラウルが驚いて声をあげた。

……そうだよね、家を出たと国外追放されたじゃ、天と地ほど違うよね。追放とか、犯罪者にする対応だもん。

ドライブの話題には相応《ふさわ》しくないけれど、私は今までの経緯をラウルに話す。ラウルは静かに私の話を聞いてくれて、ぐっと膝の上の拳を握りしめた。

「ミザリーは何も悪くないじゃないか」

「あはは……。でも、おはぎが黒猫だから不吉だとか言われたのが一番許せなかったかも」

「酷《ひど》いな、それも」

ラウルは自分の膝の上で寝ているおはぎをそっと撫《な》でる。

おはぎは私の唯一の友達だった。

「まあ、そんなこんなで旅をしてるんだよ。もう国や実家に未練はないの。だけど懸念事項としては、ラウルに迷惑をかけちゃうことがあるかもしれない……っていうことかな」

祖国――リシャール王国に近づくつもりはないけれど、もしかしたら私へ接触がないとも言い切れない。

……以前、国境で引き留められたこともあったもんね。

「迷惑なもんか！」

「ラウル……。ありがとう」

即答してくれたラウルの気持ちが嬉《うれ》しくて、頰が緩む。

「キャンピングカーで移動してる分には追いつかれはしないだろうから、大丈夫だと思うんだけどね」

「そうだな。ミザリーに追いつける奴がいたら、逆に見てみたいくらいだ」

そう言って、二人で笑った。


「あ！　瑞穂の国の入り口が見えてきたよ！」

「おおっ！　……って、なんだあの赤いやつ。入り口か？」

「鳥居だね」

……まさか、この世界で鳥居を目にするとは思わなかった。

「宗教的なものだけど……鳥居の先は、神様の領域って言われてるんだよ。だから瑞穂の国は、神聖な場所なのかもしれないね」

「へぇぇ……なるほどな」

「ただ、単にシンボルとして建てられることもあるだろうから、一概にそうとは言えないんだけどね」

なんて説明をしてみたけれど、私も鳥居に詳しいわけではない。

少し走ると、みるみるうちに鳥居が近づいて来た。

鳥居は満月の道の幅とピッタリ合うサイズで、この不思議な道を作っているのがこの鳥居なのではないかと思ってしまえた。

普段海水に浸《つ》かっている部分は珊瑚《さんご》やフジツボなどがついているが、海面に出てる部分は艶々に光っている。今は満月の光があるから、なおさら美しい。

「すごい……けど、この鳥居をくぐるのは緊張しちゃうね。っていうか、キャンピングカーで通っていいものなのかな？」

なんとなく、不敬なのでは……と思ってしまう。

「キャンピングカーはミザリーのスキルだし、別にいいんじゃないか？」

「それはそうかもしれないけど……いや、やっぱり降りて歩こう！」

この世界ではスキルだから何も思わないかもしれないけれど、日本で生きてきた自分としては、なんとなくキャンピングカーで鳥居をくぐるのは嫌だった。

ラウルは別にどちらでもよかったようで、「わかった」とすぐキャンピングカーを降りた。おはぎも起きて、ラウルの肩に乗った。

キャンピングカーを降りると、ひやりとした空気を感じる。

「あ、そうか。夏とはいえ夜中の海の中？　だもんね」

陸地と比べたら気温は多少低いようだ。

私はゆっくり歩いて行き、鳥居を見上げる。

「うわ、すごい……圧倒されるね」

修学旅行で神社に行くことはあったけれど、社会人になってから神社などを観光することはなかった。

しばらく鳥居を見上げてから、私はなんとなく一礼してその下をくぐり——瑞穂の国へ足を踏み入れた。

念願の瑞穂の国 ～白米と豚汁の懐かしご飯～

鳥居をくぐり抜け陸地に上がるとすぐ、ざざん、ざざんと波の音が大きくなった。

振り返ると海水の水位がみるみるうちに上がっていき、あっという間に満月の道はなくなり、普段の海へ姿を変えてしまった。

同時に、東の空からゆっくり太陽が昇ってくるのが見える。

「日の出だ……」

「綺麗《きれい》だな」

『にゃん』

キラキラした光が海水に反射し、とても荘厳な雰囲気だ。

朝日に照らされた鳥居はよりいっそう美しさを増して、私たちが瑞穂の国へ来たということをより実感させられた。

しばらく日の出を見た後、私は大きく深呼吸をする。

「ふー……。どうにか到着したね、瑞穂《みずほ》の国」

「だな。つっても、キャンピングカーのおかげであんまり大変だった気はしないけど」

そう言ってラウルが笑い、私も「そうかも」と笑う。

「とりあえず、やっと来た瑞穂の国！　めいっぱい楽しまなきゃね！　お米とか‼」

「おう！」

『にゃう！』

やったー！　と喜びを共有しつつ、私たちは改めて瑞穂の国へ視線を向けた。

……ゲームには登場しない国だったから、どんなところか楽しみ！


瑞穂の国はとてものどかなところで、田んぼや畑がたくさんあった。

収穫はもう少し先だろうけれど、稲穂が揺れているのが目に入る。間違いなくお米があることに、歓喜してしまう。

「ラウル、お米！　お米があるよ！」

「え、どこにだ？」

ラウルはもらったときの白い精製された白米しか知らないので、稲の状態ではお米だとわからなかったようだ。

……稲から米ができるのは、ちょっと想像が難しかったかもしれないね。

私はラウルにお米の作り方を簡単に説明すると、「よく知ってるな」ととても感心されてしまった。

田畑の先には、村がある。

「村へ行きたいところだけど、まだ朝早いからきっと迷惑だよな？　少し休んでから、村に行くのはどうだ？　ミザリーもずっと運転してたから、眠いだろ？」

「ん、確かにその方がいいね」

ラウルの提案に頷《うなず》いて、私たちは端の方にキャンピングカーを出してしばらく寝ることにした。

ふと、チュンチュンという雀《すずめ》の鳴き声で目が覚めた。この世界で初めて聞く雀の声に、なんだか懐かしさが込み上げてくる。

外を見るとすでに太陽は高くまで上がっていて、昼過ぎだということがわかった。

「昼過ぎまで寝るのなんて、久々かも。一晩中、走ってたし……仕方ないか」

『にゃうにゃう』

「おはよう、おはぎ」

私が起きて部屋から出ると、ラウルも欠伸《あくび》を噛《か》み殺しながらカーテンを開けて二段ベッドの下段から出てきた。

野菜に水をあげてから簡単に朝ご飯を済ませ、外に出た。

「島国だから、きっと私たちみたいに旅人がくることはほとんどないよね。なんだか緊張してきた……！」

お米だとテンションを上げていたけれど、いざ村に行こうとなるとドキドキしてしまう。よそ者だからと嫌な目で見られてしまったらどうしよう。

そんなことを考えて不安になっていると、ラウルはあっけらかんと「大丈夫だろ」と言う。

「いろんな村にいってきたけど、そこまで閉鎖的なところはなかったぞ？　むしろ、外の話が聞きたいと殺到されることの方が多い」

「ああ、娯楽的な感じかな？」

「そうそう。特に若い奴《やつ》は外に出たいと考えてる場合も多くて、いろいろ質問を受けたりするんだ」

今まで行った村にはそういう若者は多く、ラウルも村から外へ出た立場なので、そういった気持ちはよくわかるのだそうだ。

……そうか、ラウルは都会に憧れる若者ポジションだったんだ……！

そう考えると、なんだか微笑ましくなった。

村の入り口に辿《たど》り着くと、木の柱が立っていて、南浜村と書かれていた。

ぽつぽつ点在している建物は日本家屋そのものの造りだ。一軒一軒に距離があって、今まで通ってきた村や街より敷地があり、庭のスペースも広く取られている。

……というか、日本の田舎みたい。

ご近所同士の間隔が広くて、お店の数はそんなに多くない。もしかしたら、物々交換なんかもしているかもしれない。

まさかファンタジー乙女ゲームの世界で日本の田舎を見ることになるとは思わなかった。

歩いている人たちの服装は着物と草履《ぞうり》だ。日中ということもあり、休憩している人もいれば忙《せわ》しなく働いている人もいる。

行きかう人々を見たラウルが、ぽかんと口を開けた。

「見たことのない服だな」

珍しそうにキョロキョロしながらも、ラウルは躊躇《ちゅうちょ》なく村の門をくぐった。

すると、とたんにざわめきが起きた。村の人たちが突然やってきた私たちを見て、とても驚いたからだ。

「ええっ⁉　もしかして、サザ村から来たの？」

「あ、はい。今日、着いたんです」

私が答えると、村の人たちがわっと集まってきた。その顔に嫌悪の色はなくて、歓迎ムードだということがわかる。

……よかった、歓迎してくれてるみたい。

ほっと胸を撫《な》で下ろして、私は村人たちとの交流を試みる。

「でも、どうしてわざわざここへ？」

「来るのが大変だったろう？」

「実は、お米がほしくて来たんです。ほかにも、珍しい調味料があれば買いたいです。私、料理が好きで……」

食に全振りの説明になってしまったが、事実なので致し方ないだろう。

「あ～～、確かに稀《まれ》にうちの作物がほしいって来る人はいるわね」

「そうなんですか⁉」

まさか和食仲間がいるとは思わず、私のテンションは上がる。

作物の購入も問題はなさそうだ。できればたくさん売ってもらえるとありがたいけれど、村で食べる分も考えたらそんなにたくさんは難しいかもしれない。

……うーん、これは定期的にここにくるしかないかも？

私がそんなことを考えていると、奥の方からピンク色の着物姿の可愛《かわい》らしい少女がこちらにやってきた。

それを見て、ほかの村人たちが道を空ける。

「旅の方、ようこそいらっしゃいました。私は紬《つむぎ》、南浜村の村長の娘です。この村に宿はありませんから、どうぞうちに泊まっていってください」

「ありがとうございます。私は冒険者のミザリー。この子はおはぎ」

「俺はラウルです。お心遣いありがとうございます」


南浜村の紬。

おっとりした優しい少女で、おそらく十代半ばくらいだろう。

灰桜色のロングヘアを一束サイドで軽く結び、花の髪飾りをつけている。薄桃の着物と、羽織はそれより濃い桃色に花弁が散っているデザインだ。

「私の家は、この村の一番奥です。あそこにある山のすぐ手前で、ここから歩くと二〇分くらいです。ぜひ、村を案内させてください」

「いいんですか？」

「もちろんです」

この村の中は広く、どこになんのお店があるかわからない。紬の提案は、私たちにとってありがたいものだった。

ラウルと顔を見合わせて、すぐ「「お願いします！」」と返事をした。


村の中を歩きながら、紬が私を見て微笑んだ。

「そういえば、ミザリーさんは買い物がしたいのだとか。少ないですが、まずはお店にご案内いたしますか？」

「ぜひ！　お願いします!!」

紬の言葉に、私は食い気味で返す。

「ふふっ、わかりました。といっても、食事処を覗《のぞ》いたら金物屋と食品や雑貨を扱ってる商店の二つしかないんです。ほかのものは、店を構えず村の中で売り歩いているんですよ。あ、あんなふうに——」

そう言って紬が指差す方を見ると、桶《おけ》を持った人が「豆腐はいらんかね〜」と言いながら歩いているところだった。

すぐ近くの民家から女性が出て来て、「二丁お願い！」と購入している。

「わああ、豆腐も売ってるんだ」

ただ、器を持参しなければいけないようで、今の私では買うことができない。

豆腐はそんなに日持ちもしないため、購入していくというよりは、ここで食べて堪能していく……というのがいいかもしれない。

私がじっと豆腐を見つめていたからか、ラウルが「食べたいのか？」と首を傾《かし》げた。

「そりゃあ、食べたいよ！　ものすっごく!!」

お味噌汁《みそしる》に入れたいし、醤油《しょうゆ》をかけてそのまま……というのも捨てがたい。

私がうっとりしながら名残惜し気に豆腐を見ていると、紬が悩みつつも私に提案してくれた。

「すぐに食べるのでしたら、器を借りて購入することもできますよ。器は私があとで返すこともできますから」

「えっっ！　いいんですか!?」

私がめちゃくちゃ食いつくように返事をすると、紬はちょっと気圧《けお》されつつも笑顔で頷いてくれた。

「次郎さん、豆腐をくださいな」

「おや、紬ちゃん。お使いですかい？　……そっちは、みない顔ですね」

「いいえ。旅の方で、ミザリーさん、ラウルさん、おはぎちゃんです。ミザリーさんが豆腐を食べてみたいそうで……器も貸していただけますか？」

「旅人とはめずらしい！　ええ、もちろん構いませんよ」

豆腐売りの男性は次郎というようだ。

豆腐を一丁、深皿に入れて渡してくれた。正方形に切られた豆腐は断面も綺麗で、とても美味《おい》しそうだ。

久しぶりに見た豆腐は懐かしく、しばらく眺めていたいと思ってしまうほどだった。

「わあああ、ありがとうございます！　おいくらですか？」

「旅人さんなんて珍しいからね、お代は結構ですよ。夜の宴会も楽しみにしてますね！」

「え？　え？　え？」

まさかタダだとは思わず戸惑っていると、次郎は「こっちも豆腐お願い！」という女性の声を聞いて風のように立ち去ってしまった。

「お豆腐は嬉《うれ》しいけど、いいんですか？」

「っていうか、夜の宴会って……？」

わけがわからず私とラウルが頭の上にクエスチョンマークを浮かべていると、紬が「そうでした！」と教えてくれた。

「この村に外から人が来るのは珍しいので、お客様がきたときは夜に宴会を開くんです。どんちゃん騒ぎで、大変なんですよ」

紬は楽しそうにクスクス笑う。

宴会を開いてもらうなんて申し訳ないと思ったけれど、外とあまり交流のないこの村の祭りや娯楽のようなものなのだろうと考えたら拒否するのもよろしくなさそうだ。

「なら、ありがたく参加させていただきます」

「ぜひ」

夜は宴会に決定したけれど、せっかくならばそれまでに豆腐をいただきたいと考える。

「紬さん、豆腐を調理したいので……商店に案内してもらってもいいですか？　ほかの食材もほしくて」

「わかりました」


案内してもらった商店と金物屋は隣同士だった。

「これは買い物がしやすくていいね」

商店では食料を始め、雑貨類があった。

金物屋には鍋や包丁、農業の道具などが取り揃《そろ》えられている。

「あっ！　飯盒《はんごう》が売ってる!!」

金物屋の入り口近くに置かれていた飯盒に目を付け、私は持っていた豆腐の器をラウルに押し付けて走り出した。

「ちょ、えっ⁉　はんごー？」

……飯盒があれば、焚《た》き火で美味しいご飯が炊ける～～！

こんなの、購入する以外の選択肢はない。

「すみません っ！　飯盒ください！　二つ‼」

私が勢いよく金物屋に入ると、店番をしていた女性が驚いて目をぱちくりさせた。

知らない人間が勢いよく押しかけてきたら、それはびっくりするよね……申し訳ないです。

「えーっと、旅人さん？　飯盒を二つね？」

「はい。ミザリーといいます。今日、来たばかりです」

「そうだったのかい」

なるほどと頷き、女性は奥から飯盒を二つ用意してくれた。

「一つ三〇〇〇ルクだから、二つで六〇〇〇ルクだよ」

「はい」

私はすぐにお金を取り出して、支払いを済ませた。ここはゲーム世界ということもあり、通貨が世界共通になっているようだ。

……よかった、独特の通貨とかじゃなくて。

テッテレー！

飯盒×2を手に入れた！

「は～これで美味しくご飯が食べられる！」

私が飯盒を手にしてクルクル回っていると、やってきたラウルと紬に笑われてしまった。

「それがそんなにすごいのか？」

「そうなの！　あとはお米を買って、これで炊けばオッケー！」

「ふふっ、では、商店に行きましょう。お米も売っていますよ」

「はいっ!!」

紬に笑われてしまって恥ずかしいけれど、それより買い物できた嬉しさの方が勝る。私はとてもいい笑顔で頷いた。


商店にはお米のほかに、季節の野菜や肉などの食べ物類と、食器や草履など雑貨類も売られていた。

いわゆるなんでも屋さんに近い。

お米はもちろんだけれど、味噌《みそ》、醤油、茶葉など、私がほしかったものがたくさん売っている。

「俺は豆腐を持って待ってるから、すぐ必要なものだけ買ってきたらどうだ？」

「ありがとう、ラウル」

私はさっそく店内に入り、「こんにちは」と声をかけた。すると、奥から「はいはい」と返事をしながら店主のお爺《じい》さんが顔を出した。

「おや、珍しい客人だね。サザ村からきたのかい？」

「そうです。以前、お米をもらう機会があって、もっと食べたくなってここまで来たんです」

「そりゃあすごい。海を渡ってくるのは大変だったろう」

店主は「ゆっくり見ていっておくれ」と相好を崩した。

「ありがとうございます」

まず購入するべきものは、なんといっても米！

「わ、すごい!!　俵で売ってるの!?」

「量り売りもしておるよ」

「そうなんですね。じゃあ、ひとまずお米一キロと醬油と味醂《みりん》に……」

とりあえずほしいものを告げていくと、店主が品物を用意してくれる。

「それと、茶葉を……」

「ああ、茶葉か。もう何日か待ってもらえたら、夏の茶葉が収穫できる。よかったら、そっちも味わってほしいねぇ」

「新茶が!?　もちろん待ちます!!」

話を聞くと、この村では茶葉も育てていて、名産なのだそうだ。これは後日、購入にこなければいけないね！

「よし、これくらいで――あ、お茶碗《ちゃわん》!!」

私の視界に映ったのは、陶器のお茶碗だった。

今までも似たような食器は見てきたけれど、ご飯を食べるための食器……つまりお茶碗と用途が決まっているものは売ってはいなかった。

しかし今、それを見つけてしまった……!!

「これは買いですね」

私は自分とラウルの分、それから予備も必要だろうと考えてお茶碗を四つ手に取った。桜柄の茶碗で、風情がある。

「ああ、米を食べるなら茶碗があるといい。喜んでもらえるのは嬉しいのう」

「ですよね！」

店主の言葉に頷き、お米のほかには調味料や季節の野菜と豚肉を購入して買い物を終えた。ラウルには多いと驚かれたけれど、これでも必要最低限だ。


「ええと、調理する場所が必要なんですよね。我が家の厨房《ちゅうぼう》をお貸ししますね」

「あ、焚き火で作るので大丈夫ですよ」

私とラウルが荷物をどっさり持っているのを見て、紬が戸惑いを見せた。

紬は装いも綺麗だし、料理は厨房でするものと教えられているのだろう。いや、普通はそう教えられるけれど。

「私たちは冒険者なので、外でご飯を食べることもしょっちゅうなんですよ」

「まあ、そうなんですね……」

とはいえ、さすがに紬さんをキャンプ飯に誘うのはいかがなものか。もしかしたら、はしたないと家の人に怒られてしまう可能性もある。

……今回は、ひとまずお礼をしてここで別れるのがいいかもしれない。

「お店を案内してくださってありがとうございます。あとで豆腐の器を返しに伺いますね」

「いえ。また何かあれば、いつでも声をかけてくださいね。夜もお部屋を用意してお待ちしていますから、遠慮なくいらしてください」

「「ありがとうございます」」

紬を見送り、私たちは村の端っこにやってきた。

ここでキャンピングカーを召喚し、遅めのお昼ご飯を作るのだ……！

召喚したキャンピングカー内で私が食材の下処理をしている間に、ラウルが焚き火を熾《おこ》してくれた。

「まずは白米を炊こう！」

太い木の枝を組み合わせて、そこに飯盒を吊《つ》り下げる。最初は強火で、沸騰してきたら弱火で放置すればできあがる。

焚き火は火力調整が難しいけれど、飯盒を一気に沸騰までさせてしまえばあとはそこまで難しくはない。

飯盒でご飯を炊く方法を簡単に説明すると、「俺にもできそうだ」とラウルが頷く。

「うん。お米はたくさん買って帰りたいし、ラウルも覚えてくれたら嬉しい！　最初は失敗もあるかもしれないけど、試行錯誤して好みの炊き方を探していこう！」

「好みの炊き方……？」

私の言葉に、どういうことだとラウルが首を傾げる。

「お米はね、水の分量や炊き方で硬さとかが変わるんだよ。柔らかく炊いたり硬く炊いたり、ちょっとした加減で全然変わっちゃうの」

「へええ、奥深い料理なんだな」

「そうなんだよ」

なので、自分の好みを探すというのもお米の醍醐味《だいごみ》の一つだ。

「一緒に美味しいご飯を炊こうね！」

「ああ、任せとけ！」

ラウルの自信満々な答えに、これは朝食でご飯を食べるのが普通になる日も近そうだなと、にんまりした。

「ご飯はもう焚き火にかけたからやることはないんだけど、初めてでちょっと心配だから見てもらってもいい？　私はその間に別の料理を作るから」

「わかった」

「ネギとかも使うから、おはぎもラウルと一緒に待っててね」

『にゃう！』

二人のいい返事を聞いて、私はキャンピングカーに戻った。

キャンピングカーのＩＨコンロに鍋を置き、さっそく料理を開始する。

今から作るのは、ご飯のお供にピッタリでボリュームもある豚汁。具だくさんにして、先ほど買った豆腐も入れる予定だ。

「ふんふ〜ん♪」

久しぶりの和の食材に、ついつい鼻歌まじりで作業を行う。

「まずはさっきの商店で手に入れた——鰹節《かつおぶし》!!」

見つけたときは狂喜乱舞しそうになったが、ぐっと堪えた。これで出汁《だし》を取れば、美味《おい》しさにぐっと深みがでるはずだ。

取った出汁をこしてほかの器に一度移したあと、油を引いて豚肉を炒《いた》める。それに火が通ったのを確認し、ニンジン、ゴボウ、インゲン、ネギ、こんにゃくなど、先ほど購入した野菜なども入れて炒める。

炒め終わったら先ほどの出汁を入れ、豆腐を入れ、味噌で味を調えたら完成だ。

おたまで一口味見をすると、思わず「ん〜っ！」と声が出る。

「美味しいっ！」

正直、このまま全部飲み干してしまいたいとすら思える出来だ。が、そんなことをしたらラウルに怒られてしまう。

……まだ我慢、我慢。ああでも念願のお味噌、もう少し堪能しても……駄目、我慢だ。

急いでおはぎの分の鶏肉も用意し、私は二人前の豚汁を持って外へ出た。

「お待たせ！　ご飯はどう？」

「ぐつぐつしてたから、焚き火を弱めて様子を見てる。どうだろう？」

「時間もちょうどいいと思う」

ラウルに頼んで飯盒を取ってもらい、蓋を開けた。

するとほわっと湯気が上がり、炊きたてご飯のいい匂いが鼻を駆け抜けていく。

……ああ、これは極上の白米っ!!

「うわ、いい匂いだな。この前のガーリックステーキ丼も美味《うま》かったけど、このまま食べても美味そうだ」

ラウルの言葉に、私は「その通り！」と告げる。

「今回は飯盒を使って焚き火で焼いたから、おこげもあるよ。白米もいいけど、このおこげも溜《た》まらないんだよねぇ」

私がうっとりしていると、ラウルが笑いながら「食うんだろ？」と言う。そうだった、うっとりしている場合ではないのだ。

「さっそく食べよう、ラウル、おはぎ！」

「ああ」

『にゃっ！』

飯盒のご飯は半分こにして先ほど購入した茶碗によそって、おはぎの前には鶏肉の入った器と水を入れた器を置いてあげる。

……はあぁん、お茶碗にご飯が入っている幸せ！

「『いただきます！』」

『にゃっ！』

一番にご飯へかぶりついたのは、もちろんおはぎだ。

美味しそうに食べる様子をみながら、私はまず炊き立てご飯を口にする。噛めば噛むほど甘みが増して、幸せ気分だ。

「ん〜、美味しい」

白米だけを堪能する私とは違い、ラウルは豚汁に口をつけてカッと目を見開いた。

「え、うっま!!」

ずずずっと豚汁を飲み、とても満足そうな顔をしている。そのままスプーンで具をかきこんで、「これはもっと食べたいな！」と嬉しいことを言ってくれる。

実はキャンピングカーの中にまだあるので、じゃんじゃんおかわりして堪能してほしい。

「この白い……豆腐？　スープがしみ込んでて美味いな」

「でしょ!?　やっぱり豆腐って、美味しいよね。ほかにも合う料理はたくさんあるから、今度は次郎さんから購入していろいろ作ってみる！」

「おー、楽しみだ」

そして私も豚汁に口をつける。

野菜に味がしみ込んでいて、とっても美味しい。出汁もしっかりきいていて、これだけで何杯も食べられそうだ。

……夜中、小腹が空《す》いたときとかにもいいよね。

瑞穂の国にきたことで、どんどん料理のレパートリーが広がっている。

今日は豚汁にしたけれど、次は味噌汁も食べたい。せっかくだから、ラウルに朝食でご飯を炊いてもらって、私が味噌汁係でもいいかもしれない。

朝といえば、やっぱり味噌汁だ。あとは焼き魚に、大根おろしと醤油の組み合わせもたまらない。卵かけご飯も捨てがたいけど、衛生的にちょっと微妙だろうか？

どちらにしても、私の夢は広がりまくりだ。

「んで、これがさっき言ってたおこげってやつか？」

「そう！　飯盒で炊くと、どうしても底の部分の火力が強くなっちゃうからね。ご飯が焦げちゃうんだけど、それがまた美味しいの！」

私がおこげのよさを力説すると、ラウルは「ふうん？」と言いながらも口にしてくれた。

「…………焦げただけだろ？　って思ってたけど、硬くなってて美味いな。焦げただけでこんな違う感じになるのも、面白い」

「気に入ってもらえてよかったよ」

私もおこげを食べて、やはりおこげは至高であると再確認する。

……ハッ！　ラウルもおこげを気に入ったら、今後はおこげの取り合い合戦が発生してしまうのでは……⁉

おこげは人気な割に少ししかできないので、戦争は不可避だ。

私がおこげのことを考えていたら、ちょいちょいと手が伸びてきた。おはぎだ。

『にゃうにゃっ』

「ん？　ああ、おはぎはごちそうさまだね。全部食べられたね～！」

いい子いい子とおはぎの頭を撫でると、嬉しそうに声をあげた。

「そういえばミザリー、今後の予定はどうする？　カーナビで見る限り、東に行くと大きな街があるだろ？」

「そう！　ぜひ行ってみたい!!」

カーナビで見たところ、この瑞穂の国には都と、今いる南浜村の二つの街と村しかない。

南浜は最西端で、都が最東端だ。その間にはいくつかの集落があるが、村と呼べる規模のものはない。

それ以外は大自然に囲まれた島国で、全体の大きさは沖縄の本島くらいだろうか。

どのみち私たちがサザ村に帰れるのは、次の満月の一カ月後。それまではのんびり瑞穂の国を観光し、和食を堪能するのがいいだろう。

「今日はこの村で宴会をしてくれるだろ？　出発するなら、明日以降だな」

「うん。買い物はしたから、観光しつつ都に行くのがよさそうだね。どんなところか、あとで紬さんに聞いてみよう」

「ああ」

ひとまず明日出発することにして、残りの豚汁と白米を楽しんだ。

歓迎の宴

紬《つむぎ》の家である村長宅は、裏が山になっていた。

家の裏手から山に登れる道があるようで、すぐ横には湧き水がチョロチョロ流れているのが見える。のどかで自然が綺麗《きれい》な村だ。

さすがは村長宅というだけあって、村で一番大きな屋敷だった。

立派な瓦屋根の母屋のほかに、離れと蔵も敷地内にある。お手伝いと思われる女性がせっせと働いているのも目に入った。

庭先では紬が言っていた宴会の準備がされている。どうやら村の人全員が参加するため、室内には入りきらないみたいだ。

大きなテーブルをいくつか並べ、その上にたくさんの料理が置かれている。鳥をまるごと使ったものもあり、歓迎してくれていることがよくわかった。


「すごいな……」

「ここまでしてもらったら、申し訳なくなっちゃうね」

私とラウルは顔を見合わせてそんなことをついつい話してしまう。

すると、私たちが様子を窺《うかが》っていることに気づいた紬が青年を伴ってこちらにやってきた。

「ミザリーさん、ラウルさん、おはぎちゃん！」

「紬さん！　今晩はお世話になります。……宴会の規模が想像以上にすごくて驚いているんですが、本当にいいんでしょうか……」

こちらも何か提供すべきでは？　と相談してみるも、紬は首を振ってクスクス笑う。

「どんちゃん騒ぎの口実がほしいだけですから、大丈夫ですよ」

「そうです。男性陣は、朝方まで酒を飲んで騒ぎますからね」

紬と一緒にいた青年が、普段の宴会の様子を補足してくれる。

……いったい誰だろう？

私の視線に気づいた青年が、慌てて「失礼」と口を開いた。

「俺は宗一。この村の蕎麦屋《そばや》の息子です」

「蕎麦《そば》……!?」

思わず蕎麦に食いついてしまい、私は慌てて自己紹介をする。

「私は冒険者のミザリーです。すみません、お蕎麦を食べたいと思ってたので、思わずくいついてしまいました……」

「俺は冒険者のラウルです」

『にゃにゃっ』

「この子はおはぎです」

蕎麦への熱い思いを説明しつつ、おはぎのことも紹介した。

南浜村の蕎麦屋の息子、宗一。

穏やかな青の瞳と、ストレートの黒髪から優しい印象を受ける。年の頃は紬より少し上の、十代後半くらいだろうか。

グレーの着物がさらに落ち着いた印象を見せているのかもしれない。

すると宗一は感心したように、私たちを見る。

「旅の人は、滅多《めった》に来ないんですよ。うちの村からサザ村へ行く若者はたまにいますけど、こんな島国に来たい人はそうそういないですからね」

「ああ、私は食べ物を目当てにここへ来たんです」

冒険者にお米をもらった話をし、それを求めてここにきたのだ――と。

「その執念はすごいですね……」

「あはは……」

ものすごく驚かれてしまったが、仕方がない。

宗一はふっと笑うと、「でしたら」と宴会場に視線を向ける。

「蕎麦も持ってきていますので、ぜひ召し上がっていってください。気に入っていただけたら、少しならお分けできますよ」

「本当ですか⁉　嬉《うれ》しいです‼」

私が食い気味に返事をしたので、さらに宗一に驚かれてしまった。

……よーし、お蕎麦ゲットだぜ！

「今日は珍しいことに、旅の冒険者の方が我が南浜村に来てくださった！　ミザリーにラウル、それから猫のおはぎだ」

「初めまして、ミザリーです。こんなに素敵な場を用意していただきありがとうございます」

「ラウルです。冒険者をしながら、いろいろな街へ足を運んでいます」

『にゃっ』

私とラウルとおはぎは紬の父――村長の横に立って、簡単に自己紹介を行った。

集まった村人はざっと二〇〇人を超えているので、どうにも緊張してしまう。私が作り笑いで早く挨拶が終わることを祈っていると、村長が一歩前に出た。

「久方ぶりの客人だ。もてなしの宴を存分に楽しんでいただこう！」

「「「おおおぉ～！」」」

村長が宴会の開始を告げた。

「ねぇねぇ、どこから来たの？　満月の道を通ってくるなんて、すごいわ！　とっても大変だったでしょう？」

「ここへ来るまで、何カ月かかったの？」

「私の兄がサザ村へ行ったのよ。元気にしてるといいのだけれど……」

「外の人は、面白い服を着ているのね。不思議な作り」

「格好良い人がたくさんいるって聞いたわ！」

宴会が始まると、村の人がどっと押し寄せてきた。

話題はこの国の外のことで、どんな場所なのかとか、衣服はどうなっているのかなど、知りたいことがたくさんあるようだ。

「砂漠を越えて、サザ村の満月の道から来たんです」

「「「すごい！」」」

外の世界に興味があるのは、比較的若い人が多いようだ。

女の子にはドレスのような可愛《かわい》い服のこと、男の子にはラウルが冒険の話をしてあげた。みんなワクワク顔で、楽しそうに聞いてくれる。

「私はこの国の食料が気になってるんだけどね」

「ええ、うちの国の？　ミザリーの話を聞いてる限り、絶対に外の方が楽しそうじゃない」

「食べ物は美味《おい》しいにこしたことはないけれど……あ、あれは食べたかしら」

一人があれと告げて、村長の家の裏の山へ視線を向けた。

「あれって？」

山を見たということは、きっと山で採れる何かだろう。

松茸《まつたけ》、自然薯《じねんじょ》、山菜などが脳裏をよぎる。どれも美味しそうなので、食べられるならぜひいただきたいところだ。

「見てのお楽しみよ。明日、紬に案内してもらうといいわ。夜の山は怖いから」

「そうだね、そうしてみる」

「それがいいわ！　あれは瑞穂《みずほ》以外にないっていうから、ミザリーも驚くと思う！」

あれが何かまだ見当がつかないけれど、明日の楽しみが一つ増えた。村を出発する前、紬に案内をお願いしてみよう。


村の人たちの質問攻撃をどうにかし、私とラウルはやっとこさ料理の前にやってきた。

私の目的は、宗一が言っていた蕎麦だ。

「見たことない料理が多いな」

ラウルはテーブルの上を見ながら、何を食べようか考えているみたいだ。

シンプルなおにぎり、漬物、肉じゃが、魚の煮つけ、天ぷらなどいろいろな料理がある。

「どれにするかな」

ラウルが楽しそうに悩む横で、私は正直に全部少しずつ食べたいなぁと考える。久しぶりの和食だというのに、選べるだろうか？　選べるわけがない！

すると、紬と宗一がやってきた。その手にはざる蕎麦の載ったお盆がある。

「ミザリーさんに食べていただきたくて、持ってきたんです。天ぷらと一緒にいかがですか？」

「最高だと思います……」

思わず手を合わせて拝んでしまった。

「ラウルさんも一緒にどうぞ」

「ありがとうございます」

近くの空いた席に座り、私とラウルはさっそくざる蕎麦をいただくことにした。

一緒に用意されていた箸で蕎麦をすくい、軽く麺つゆにつけてズズッと音を立てて一気にいただく。

それを見ていたラウルが、え？　というような顔で見た。

「どういう食べ方だ⁉」

「蕎麦はこうして食べるのですよ……。って、箸の使い方がわからないか」

私たちがいつも使う食器は、フォーク、スプーン、たまにナイフだ。箸という文化がないので、ラウルも戸惑ってしまったようだ。

「このお箸で摑《つか》んで食べるんだよ。こうやって持つの」

右手で箸を丁寧に持ち、ラウルに使い方を教えてあげる。……が、そう簡単にマスターできるものではない。

「え、え、ええ？　こうか……？」

ラウルは四苦八苦しながら持っているが、残念ながら蕎麦をすくえていない。

「違う違う、人差し指をここにそえて……そうそう！」

「できた！　よしっ！」

どうにかきちんと箸を持てたラウルが蕎麦をすくい上げ、口元へもっていく。というところで、蕎麦が箸からつるりと滑り落ちてしまった。

「どんまい」

「くそぉ……絶対上手《うま》くなってみせる！」

何やらラウルに火がついたようで、絶対に箸を使いこなしてみせる！　と燃えている。

「箸は本当に万能だから、使えるようになれば一番いいと思うようになるかもしれないね。お蕎麦だけじゃなくて、こうやっておかずを摑むこともできるから」

私はそう言うと、天ぷらを摑んで添えてある塩にチョンとつけてから、口に運ぶ。その一連の動作を見たラウルは、「すごい」と感嘆の声をもらす。

「俺だって……！」

ラウルはできるだけ麵つゆの器に顔を近づけて、若干フォークを使うような要領でズルルッと蕎麦を口にした。

「……!!　これ、すごく美味《うま》いな！　さっぱりしてて食べやすい」

どうやらざる蕎麦が気に入ったみたいだ。

私たちは顔を見合わせて頷《うなず》き、宗一にぜひ蕎麦を売ってくれるようにお願いした。これで、キャンプ飯のレパートリーに蕎麦が加わる！

一方で、ラウルは箸を使いこなすことに必死だ。

「商店で箸を買って、普段から使うことにする！」

「いいね！」

それは大賛成！

私はラウルの言葉に大きく頷き、明日さっそく買いに行くことに決めた。

翌日、私たちは再び紬に案内をお願いした。

今日の目的は二つ。

裏の山にある『あれ』が何かを教えてもらうこと。驚くような食べ物らしいので、私はワクワクしている。

もう一つは、宗一の家がやっている蕎麦屋で蕎麦を分けてもらうことだ。

「昨夜は眠れましたか？　お父さんたちが、遅くまで外で宴会をしていたでしょう……？　その、うるさかったのではないかと」

「大丈夫ですよ」

紬が本当に申し訳なさそうにして、「いつもああなんですよ」と言う。

確かに外からどんちゃん騒ぎの声が聞こえてはきたけれど、楽しそうだったし、一応は私たちをもてなすための宴会なので文句はない。

「眠れたようなら、よかったです。今日は、裏の山の食材が気になっているんでしたよね？　ここは、うちの家が管理してるんですよ」

屋敷をぐるりと回って裏側に行くと、山からチョロチョロ水が流れていた。どうやら湧き水のようだ。

「綺麗な水ですね」

「ええ。……この水は村の自慢なんですよ。料理にも使われていますから」

「いいですねぇ」

流れてくる湧き水の横には木の板が敷いてあって、ちょっとした道になっていた。

紬が先頭を歩き、私と肩に乗ったおはぎ、ラウルの順で続いていく。天気はいいけれど、木の葉がちょうどよい木陰を作ってくれていて心地よい。

「なんだか静かな森ですね。落ち着きます」

避暑地によさそうだと思いながら私が告げると、紬はコクリと頷いた。

「ええ。この山には魔物がいないので、子供たちの遊び場としてもいいんですよ」

「え⁉　魔物がいないんですか？　それはすごいですね……」

多かれ少なかれ、魔物はどこにでも存在するものだ。

草原などは弱い魔物しか生息しないこともあるけれど、山や森に魔物が出ないという話は今まで聞いたことがない。

それはラウルも同じだったようで、紬の言葉に驚いている。

「でも、それって……すごく強い魔物がいるとか、そういうんじゃないか……？」

「――！」

絶対王者のような魔物がいたら、確かに格下の魔物はこの山以外のところに行くかもしれない。

ラウルの予想に、私は嫌な汗が湧き出るのを感じた。が、紬は「そうではないんですよ」と落ち着いた声で理由を教えてくれた。

「この山には、主様が住まわれているんです。主様が守ってくださっているので、魔物が出ないんですよ」

「主様が守ってくれるなんて、すごいですね」

神様のようなものだろうか。

……確かに日本は山に神様がいる、みたいな話はよくあるよね。

私がすんなり頷いたのを見たラウルが、「へぇぇ」と声をあげた。そういうものもあるのかと納得したようだ。

「その主様が守ってくださる場所で、私たちは――山葵《わさび》を育てているんです」

「山葵ですと!?」

紬がそう言って両手を広げた先には、綺麗な湧き水でたくさんの山葵が栽培されていた。

湧き水の通り道が段々畑のようになっていて、青々とした立派な葉が一面に広がっている。きっと立派な山葵が収穫されるのだろう。

とても澄んだ水は一切の濁りがなく、丁寧に管理されているのだろうことがわかる。もしかしたら、雨もあまり降らないのかもしれない。

「わさび？」

『にゃ？』

私のテンションがギュインと急上昇するが、ラウルとおはぎは意味がわからずこてりと首を傾《かし》げた。

今まで辛い食べ物といえば唐辛子類しか見かけなかったので、山葵はとても貴重だろう。まさかこの世界で再び味わえることになるとは。

「あら、もしかしてご存じでしたか？」

「存じていました……！」

ぜひともいただきたい。

山葵は薬味にピッタリなので、蕎麦と一緒に食べたいし、お刺身とも一緒に食べたい。夢が膨らむ食材だ。

紬はふふっと笑うと、「わかりました」と頷いた。

「では、お土産に山葵を用意しますね。ぜひ味わってください」

「いいんですか⁉　ありがとうございます‼」

「ありがとうございます？」

『にゃう？』

ラウルにはあとでじっくり山葵の美味しさを堪能してもらおう。私はラウルに料理で使うことを約束した。

あれの正体が山葵だとわかった私たちは、次に宗一の実家がやっている蕎麦屋へ連れていってもらった。

カウンター席が五席、四人掛けの座敷が四席の落ち着いたお店だ。

「こんにちは」

紬が一番に入ると、店の手伝いをしていた宗一がぱっと顔を輝かせた。

「紬！　あ、ミザリーさんに、ラウルさん」

「こんにちは。お蕎麦がほしくて来ちゃいました」

「昨日の蕎麦、すごく美味しかったです」

私とラウルが褒めちぎると、宗一が照れたように笑う。

「そう言ってもらえて嬉しいな」

宗一はすぐに蕎麦と、さらにうどんまで持ってきてくれた。

「店では出してないんだけど、家で食べる用にうどんもあるんだ。よかったら持って行ってよ」

「うわあ、嬉しい！　ありがとうございます!!」

蕎麦だけでも嬉しいのに、まさかのうどんまでゲットできてしまった。これはあとで食べ比べ大会を開催するしかない。

「紬もよかったら持っていって」

「え？　でも……」

「実はこれ、俺が打ったやつなんだ」

宗一は照れながら「かなり上手く打てたと思う。自信作！」と教えてくれた。

「じゃあ、夕食にいただきますね。ありがとう」

「どういたしまして。紬に食べてもらえるのが一番嬉しいんだ」

二人してにこにこしているので、私はおやおやぁ？　と二人の関係にあたりをつける。仲良きことは良きかな。

私がによによと二人を見ていると、紬がハッとして「行きましょう！」と声をあげた。顔が赤くなっているので、恥ずかしかったようだ。

「ミザリーさんたちは、もう村を出発するんですよね？」

「はい。観光がてら、島を回ってみようと思ってます。ね、ラウル、おはぎ」

「ああ。いろいろなところを見て回りたいからな」

『にゃうっ』

私の返事に紬が頷き、南浜村の外のことを教えてくれた。

「最東端にある都は、賑《にぎ》やかなので、ぜひ行ってみてください。道中には村がないのですが、集落がいくつかあります。ただ、お店はないので気をつけてくださいね」

「わかりました」

カーナビで見てわかってはいたけれど、やはり都まで村や街などはないようだ。

しかし島がそれほど大きくないし、この村の商店では食料の買い物ができる。道中にお店がなくても、特に問題はないだろう。

私たちは紬と宗一に見送られ、都に向けて出発した。

蕎麦とうどんの食べ比べ

南浜村を出てキャンピングカーで東に進んでいく。

のどかな田舎の風景がずっと続いていて、ときおり動物が近くを通り過ぎる。あれはタヌキだろうか、それともアライグマだろうか？

「あ、キツネだ！」

田舎道にひょこりと顔を出したキツネに、思わず声をあげた。

「キツネって、初めてみた。なんか可愛《かわい》いな」

「うん。耳が猫に似てるし、可愛さ倍増してる気がする！」

猫推しの私はキツネも推せそうだ。

道すがら見かける動物の話をしながら走っていると、最初の集落が目に入った。

一〇世帯にも満たないくらいの規模で、近くには田畑がある。少し先には養鶏場と牛舎があり、小規模だが農業と畜産を行っていることがわかる。

集落に寄る予定はないので、私はカーナビで近くに人が出て来ていないことを確認しつつ、そっと通り過ぎた。

三時間ほど走ったところで、私は草原に入ってキャンピングカーを停《と》めた。そろそろ休憩兼お昼ご飯の時間だ。

「昼飯はどうする？　俺が作ってもいいけど……」

「宗一さんにもらった蕎麦《そば》とうどんの食べ比べをしてみるのはどうかな⁉」

「賛成！」

私の提案に、すぐラウルが頷《うなず》いてくれる。

「それに、そろそろ野菜の収穫もできると思うんだよね。もしオクラが使えそうだったら、お蕎麦に入れたいと思って」

「わかった、見てくる」

すぐに了承してくれたラウルが、菜園スペースに確認しに行ってくれた。

「その間に、私はお蕎麦とうどんの準備だ！」

『にゃっ！』

キッチンに置いていた蕎麦とうどんを取り出すと、一気に蕎麦の香りが広がる。均一の太さに揃《そろ》えられた蕎麦は、宗一が上手《うま》くできたと言っていただけあるだろう。

お鍋たっぷりにお湯を沸かしていると、ラウルがオクラとトマトを持って戻ってきた。どちらもちょうど収穫できたみたいだ。

「じゃじゃーん！　キャンピングカー菜園大成功だ！」

「おお、すごい！　やっぱり苗で購入したのもよかったよね」

「ああ。種から育てようとすると、難易度が上がるし時間もかかって大変だからな」

ラウルは頷きつつ、「下ごしらえはどうする?」と聞いてきた。

「オクラは茹《ゆ》でてから切る予定。トマトは生のまま、さいの目切りにしてもらってもいい?」

「任せろ」

私が蕎麦とうどんに取りかかっている間に、ラウルがオクラとトマトの下ごしらえをしてくれる。

二人で料理をすれば効率が上がって早く完成するし、いいこと尽くしだ。

……冷やし蕎麦と、あったかい卵とじうどんにしようかな?

「ラウル、小葱《ねぎ》も細かく切ってもらっていい?」

「おう!」

「あとお蕎麦には山葵《わさび》も添えちゃおう」

せっかくいただいた新鮮な山葵! ここで使わずどこで使うのかと、私はワクワクしながら冷蔵庫から必要なものを取り出していく。

「その山葵も切ればいいのか?」

山葵の使い方を知らないラウルは、「さいの目か?」と言って手を伸ばす。どうやらそのまま切ろうとしているみたいだ。

紬《つむぎ》から、山葵と一緒におろし板も譲ってもらったので、それをラウルに渡す。

「山葵は切るんじゃなくて、すりおろしにするんだよ」

「へぇえ、齧《かじ》って食べたりするんじゃないんだな」

ラウルは「わかった」と言って、山葵を洗っておろし板ですりおろし始めた。――が、すぐに「うっ」とうめくような声をあげて山葵から顔を逸《そ》らした。

「なんだこの香り‼　ツーンとして、めっちゃ鼻の奥にくるぞ⁉　もしかして、腐ってるんじゃないか⁉」

初めてかぐ山葵の香りに、ラウルが大ダメージを受けている。目尻には少し涙が浮かんでいて、山葵耐性ゼロだということがよくわかる。

私は笑いながら山葵を手に取って、「これがいい香りなんだよ」とラウルの代わりにおろしていく。

……はあ、すっごく新鮮な香り！

前世のスーパーで購入していたチューブの山葵とは段違いだ。この山葵を添えて食べるお蕎麦が楽しみで仕方がない。

私がうっとりした様子で山葵をおろし終わると、ラウルは信じられないというような顔をしている。

「本当にそれを食うのか？　あ、熱したら美味《おい》しくなる……とか？」

「山葵は生のままだよ。……味見してみる？」

「え、そのまま？　いや、えっと、どうしよう……？」

私が味見を勧めるといつもは飛びついてくるラウルが戸惑いを隠せないでいる。それがちょっと面白くて、私はスプーンにほんのちょびっとだけ山葵を載せてラウルに渡す。

なんというか、からかいたい欲が……ね。

「子供は嫌いな子が多いけど、大人は好きな人が多いと思うよ？」

「まじか……」

「でも、駄目そうだったら無理しなくていいと思う」

一応スプーンを受け取ったラウルが、匂いをかいで山葵をどうすべきか悩んでいる。

私はその隙に茹でた蕎麦とうどんを仕上げてしまう。


冷やし蕎麦はオクラとトマトを載せて、真ん中に卵の黄身を載せる。私の分は横にちょんと山葵を添えて、冷蔵庫で冷やしていたつゆをかけたら完成。

うどんは混ぜた卵を入れてからめ、器によそって上から小葱をかければ卵とじうどんの完成だ。

ちなみにおはぎはいつも通りの鶏肉である。


「よーし、完成！」

……あとはラウルの冷やし蕎麦に山葵を添えるかどうかだけど……。

そう思ってラウルを見ると、まだ山葵の載ったスプーンとにらめっこをしていた。

「ラウル、ご飯できたよ？」

「え、もう⁉　くっそー、男は度胸だ‼」

ラウルはそう叫んだあと、ぱくりとスプーンを咥《くわ》えてみせた。そしてそのまま声にならない声をあげ、しゃがみこんでしまった。

……うーん、生の山葵はまだ早かったかもしれないね。

「『いただきます！』」

『にゃっ！』

ラウルが山葵から立ち直ったので、昼食の蕎麦とうどんの食べ比べ。オクラとトマトの冷やし蕎麦と、卵とじうどんだ。

ちなみにラウルは涙目になりつつそっと山葵を辞退した。残念。

テーブルの上に置かれた湯気の立つうどんを見て、私はさっそくいただいた。

……うどんも久しぶり！

ちゅるりと食べると、弾力のあることしともちもち感で一気に口の中が幸せになる。

前世時代、夜食でよくこの卵とじうどんを食べていたことを思い出す。蕎麦も好きだけれど、実は私はうどん派なのだ。

「おいし〜！」

『にゃうっ』

私とおはぎがもりもり食べるなか、ラウルは慎重に箸で蕎麦を摑《つか》んでいる。昨日より、ずっと上達しているのに驚いた。

器用に蕎麦を食べるラウルを見て、箸の扱いを褒める。

「いい感じに使えてるね。マスターするのもすぐかも！」

「へっへ、イメトレしたからな」

ラウルはドヤってトレーニングを教えてくれたけれど、イメトレだけでこんなに上達するのはラウルの才能とセンスだろう。

今日の蕎麦はオクラが入っているので粘り気があるのだけれど、ラウルはそれが気に入ったようで、「美味《うま》いな、これ!」と一気に食べてしまった。

「いろんな具材を載せられるって、万能食材だよなあ」

「そうだね。冬になったら、このうどんみたいに温かくすることもできるよ」

蕎麦の食べ方、無限大だ。

ラウルは感心した様子で、うどんにも手を付けた。シンプルな味わいともちもちした弾力に、「これも美味いな」と笑顔を見せる。

「だけど俺は、蕎麦派だな」

「え、私はうどん派だよ!」

「蕎麦はこんなに美味いのにか⁉」

私の言葉に驚いたラウルは、蕎麦とうどんの器を見比べる。「絶対蕎麦だろ……」と呟《つぶや》いているので、よっぽど気に入ったらしい。

「でもせっかくなら、昨日食べた天ぷらと一緒に食べたいよな。あれ、サクサクしてて美味いし、蕎麦のつゆにつけるともっと美味いんだ」

「あ~、天ぷらそばは美味しいよね。でも、天ぷらはうどんにも合うから! また今度食べよう!」

「天ぷらも万能なんだな。でも、あのサクサクのはどうやってるんだ？　作り方を教えてもらえるといいけど」

から揚げなどの揚げ物料理はあるが、天ぷらは今まで見たことがない。おそらく瑞穂《みずほ》の国の独自文化なのだろう。

「大丈夫、作り方なら知ってるから！　季節の野菜とかで、作ってみよう」

「おお、やった！　楽しみだな」

南浜村の商店で天ぷら粉も買ってあるので、ゆっくり食事ができるときにでも作ってみようと思う。

私たちは蕎麦とうどんの美味しいところを語りあいながら、昼食を終えた。

瑞穂の国の都

昼食を終えて再出発をし、集落を四つほど通り過ぎると立派な外壁が視界に映った。

「あれが都ってやつか！」

『にゃう⁉』

「おわ、すごいね！」

外壁の手前は堀になっていて、水が流れている。その上に都から跳ね橋が下ろされていて、通行できるようになっているようだ。

そして奥には、前世で見たような日本のお城があった。

お城の見学くらいはしたことがあったけれど、実際に人が住み、機能しているのを見るのは初めてで、なんだか不思議な感じだ。

……まるでタイムスリップしたみたい。

跳ね橋の両サイドには門番が立っていて、通行人のチェックを行っている。都というだけあって、南浜村とは家の造りも街の造りも違うようだ。

……私たち、入れるよね？

今まで国を移動しても問題なく入国できたけれど、瑞穂《みずほ》の国はほかと文化が違うため、少しだけ不安になった。

「とりあえず、キャンピングカーのままで行くと怪しまれる可能性が高いから、歩いて行ってみようぜ」

「うん」

『にゃ！』

ラウルの言葉に頷《うなず》き、門番に見つからない位置でキャンピングカーを降りて歩くことにした。


「待て！」

「見慣れない着物だが、いったいどこから来た？」

……わーん、やっぱり怪しまれ――ってお侍さんだ‼

門番の二人は頭がちょんまげだった。

腰に差していた刀に手を添えて、睨《にら》むように私たちを見てくる。その顔には、怪しい奴《やつ》！　と書かれている気がしてならない。

しかしすぐ、ラウルが「旅人だ！」と言って手を上げた。手を上げたのは、こちらに敵意がないことを表しているからだ。

「サザ村から満月の道を通って南浜村に到着して、そこから移動してきたんだ」

「なんと！　あの険しい満月の道を通ってきたのか。すごいな」

満月の道はこの国では誰もが知っていたようで、門番の私たちを見る目が変わった。尊敬するような目になっていて、まるで憧れの対象になったような気分だ。

三十代後半程に見える門番は、「俺も若い頃は外の国に行ってみたくてさぁ……」なんて言ってくれている。

門番は取っつきにくいかと思っていたけれど、そんな話を聞いて一気に好感度が上がった。

「よそ者の都への立ち入りは禁止されてはいないが、通行料が必要になる。一人一万ルクで、その猫にはかからない。どうする？」

「そんなにするのか⁉」

通行料がかかる街はたまにあるが、あっても一〇〇〇ルクに満たない場合が多い。そう考えると、一万ルクはものすごく高いことがわかる。

……とはいえ、ここまで来て入らないわけにはいかないよね。

私は財布から一万ルクを取り出して門番へ渡す。ラウルも同じように門番に一万ルクを渡すと、おはぎは愛想よく『にゃーん』と挨拶をした。

……ＫＡＷＡＩＩ！

「よく懐いている猫だな」

門番はおはぎにメロメロだ！　が、別に通行料を値引きしてくれるわけではない。

「二万ルク、確かに。存分に俺たちの都を楽しんでくれ」

「簡単に説明すると、入ってすぐ右手にある大きな建物が冒険者ギルドだ。左手の山の近くに高級宿があって、都自慢の温泉に入ることができる」

「ありがとうございます」

「温泉があるなんて、いいですね。ぜひ行ってみます……!!」

主要施設の情報を教えてもらい、私たちは都に足を踏み入れた。

そこに広がっていたのは――本で読んだ江戸の街並みだった。

「うわぁ、すごい」

「南浜村のときにめずらしい家だなって驚いたけど、こっちはもっとすごいな」

『にゃぁ』

私たちは感嘆の声をもらして、江戸に似た都の中を歩いて行く。


入ってすぐは大通りがあり、そこをまっすぐ進んだ先には城が見える。外国にあるお城ではなく、日本の城だ。

通りにはいくつもの商店が並んでいて、看板には右から左に向けて読むように文字が書かれている。使われている文字はこの世界共通の異世界文字なので、なんだか不思議な感じだ。

着物の人たちが賑《にぎ》やかに生活しており、活気がある。

都の規模は、南浜村に比べると……おおよそ一〇倍以上というところだろうか。一日二日では、とても見て回れそうにない。

ちょんまげの人は思ったよりいないけれど、武装しているのを見ると兵士だけに許された髪型なのかもしれない。

……宗一さんや村の男の人たちにもちょんまげはいなかったもんね。

楽しくキョロキョロしながら歩いていると、多くの人が私たちを見ていることに気づいた。

「あ、そうか。この服だと目立つよね」

「南浜村は、都ほど人も多くなかったからな……。せっかくだし、この国の服を買ってみるのはどうだ？」

「いいね、それ！」

ラウルの提案にすぐ頷き、私たちは近くの呉服店へ入った。

呉服店は上品な作りだった。土間から上がれるようになっていて、色とりどりの反物が飾られている。

華やかなものから落ち着いたものまであり、どの年代の人でも自分にあった生地を見つけることができそうだ。

「いらっしゃいませ。あら、珍しい衣服ですね。ヘリング王国の方かしら」

「こんにちは。出身ではないですが、ヘリング王国を通ってきました」

呉服店を営んでいるからか、他国のことも少し知っているようだ。

「この辺でも浮かない服がほしかったんですけど……」

そう言いながら、私は店内を見回す。

飾られているのはほとんど反物で、既製品の着物が見当たらない。一から仕立てなければいけないとなると、時間がかかりすぎて私たちには無理だ。

……大通りだし、もしかしたら高級呉服店だったのかも。

何も考えずに目に付いたお店に入ってしまったけれど、失敗だったかもしれない。私が困惑していると、女将《おかみ》が「大丈夫ですよ」と朗らかに微笑んだ。

「少しですが、仕立てたものも取り扱っています。あなたはこちらの着物、そちらの方にはこの着物はどうかしら？」

女将が選んでくれた着物は……私はくすんだ水色の生地に、枝付の梅の花が描かれている上品なもの。ラウルは無地だけれど、黒に近い青で落ち着いた雰囲気のものだ。

どちらの着物もとても素敵だ。

ラウルはまじまじと見て、「俺に似合うかな……」と心配そうにしている。

「確かに着なれてないと、変な感じがするよね」

元日本人の私だって、着物を着たのは数回だけだ。

学生時代の夏祭りに浴衣を着て、成人式に振り袖、大学の卒業式で袴《はかま》。思った以上に和装をした経験はなかった。

……私は黒髪だし、そこまで違和感はない……はず。

「ここで着てみることはできますか？」

「もちろんです。今着ていらしてる他国の服を見せていただけたら、お値引きもいたしますよ」

「え、そうなんですか？」

思いがけない値引きの提案に、私はすぐさまオーケーを出す。

どういう作りになっているのかとか、どんな生地を使っているのかとか、そういったことを知りたいそうだ。

そして上手《うま》くできれば、着物に取り込んで新しいものを作りたいのだと話してくれた。

「もう何十年もずっと代わり映えがないものですから、新しいデザインをうちの店から発信したいのですよ」

「とても素敵ですね」

将来的に、瑞穂の国から和風テイストのファンタジー服が爆誕するかもしれない。楽しみだ。

私とラウルはそれぞれ店員に着物を着せてもらい、おはぎは首に巻いているスカーフを赤地に白の梅模様のものを用意してもらった。

「「おお～！」」

『にゃっ』

私、ラウル、おはぎが声をあげる。

「すごいな、ミザリー似合ってる」

「そう？　ありがとう」

「おはぎも可愛《かわい》いぞ」

『にゃん』

ラウルが拍手で私たちのことを褒めてくれた。

「ラウルも落ち着いた雰囲気があって、格好良いよ！」

「そうか？　サンキュ。でも、なんだか不思議な感じだ。脚がスースーするというか」

そう言いながら、ラウルが落ち着きなさげに足を動かしてみせた。着物の裾は合わせて帯で結んであるだけなので、気になって仕方がないようだ。

「そこは着物だからね、仕方ないよ。私としては結構気に入ったんだけど、ラウルはどう？」

ラウルは鏡の前でくるりと回って、全身を見ている。

私はそれに、ラウルと同じように拍手で褒めた。

「いいねいいね！」

「……よし。俺もこの着物にする！」

無事に着物が決まったと思ったら、ラウルが「髪はどうするんだ？」と私を見てきた。

「街ですれ違った女性は、着物に合わせた髪飾りをつけてる人が多かっただろ？」

「そういえばそうだね」

確かに何かあった方がいいかもしれない。

「でしたら、つまみ細工の髪飾りはいかがですか？」

店員がすかさず布で作られた髪飾りを持ってきたので、私は「お願いします」と頷く。せっかくだから、ちょっとくらい贅沢《ぜいたく》してもいいだろう。

すぐに店員が左耳の上くらいの位置につけてくれた。

「お、すごく似合ってる！」

「ありがとう」

ラウルのストレートな言葉に照れつつも、可愛い髪飾りなので私も気に入った。

私たちは自分たちの服を見せて値引きをしてもらい、着物のまま呉服店を後にした。


呉服店を出た私たちは、すんなり都に馴染《なじ》むことができた。

元々、瑞穂の国の人たちだからといって髪色が黒なわけではない。そこだけはファンタジーなので、金髪で着物やちょんまげの兵士もいるのだ。

……なんだか、ファンタジー版の時代劇って感じ。

ちょっと楽しい気分になりながら、私たちは都を見て回る。

可愛い和小物が売られているお店は、見ているだけでも楽しい。帰るときのお土産にもってこいだ。

「あ！　ラウルは帰省したりしないの？　都でお土産を買ったら喜ばれるんじゃない？」

和小物はここ以外で見たことがないので、珍しいはずだ。

「そういえば、しばらく帰ってないな……」

「どれくらい帰ってないの？」

「……俺が一五で村を出たから、四年か」

今のラウルは一九歳なので、つまるところ一度も村へ帰っていないということになる。

「さすがにそれは心配してるんじゃないの？　手紙とかは？」

お節介だなと思いつつも、ついつい聞いてしまう。

「手紙はたまに出してたけど、旅することが多かったから一方的に送るだけだな……。一応、一年に一回くらい送ってるんだ」

「そうなんだ。手紙が来るのは嬉《うれ》しいけど、ラウルが顔を見せてあげたらもっと喜ぶんじゃない？」

私がそう提案すると、ラウルは少し気まずそうな顔を見せた。もしかして、何か帰りづらい事情があるのかもしれない。

……たとえば、伝説の剣を手に入れるまでとか、Sランク冒険者になるまで帰らない、とか。

男のロマンのようなものが詰まっていて、ちょっといいな、なんて思ってしまう。

しかしラウルの口から出た言葉は、まったく違うものだった。

「あー、冒険者は危険だからって、旅に出るときはかなり止められたからさ。なんていうか、ちょっと帰りづらいというかなんというか」

「それは顔を見せてあげようよ!!」

家族、めちゃくちゃ心配してるじゃん!!

私が食い気味に即答したのを見て、ラウルは「や、やっぱりそうか？」なんて言う。そうに決まってるよ……！

「ただ、俺としてはもっと強くなって大量の土産を持って……でもいいと思ってさ。その方が喜んでもらえると……思って……」

「ラウル、声が小さくなってるから……」

私はやれやれと苦笑して、ラウルに一つ提案をする。

「瑞穂の国の次は、ラウルの故郷を目指してみない？　道中でレベル上げをして、お土産もたくさん買って。きっと喜んでもらえると思うよ？」

「……そうだな。ありがとう、ミザリー。みんなへの土産を選ぶよ」

ラウルはどこか吹っ切れたような顔で告げると、和小物のお店でお土産を選び始めた。

「父さんに、母さんに、姉ちゃんたちと兄ちゃんたち……。でも、ここにあるのは女性向けの装飾品ばっかりだなぁ」

つまみ細工で作られた髪飾りや、小物入れを手に取ってどれがいいか選んでいる。まずは、お母さんとお姉さんたちの土産を買うことにしたようだ。

真剣な目で選んでいる様子を見ると、家族が大好きという気持ちが伝わってくる。

「髪ゴムとかも種類が多いから、いくつか買っていってもいいかもしれないよ。普段使いにしたら、消耗してくるから」

「それもそうだな。もし姉ちゃんたちに子供でも生まれてたら、その子たちにもあげられるし」

ラウルの言葉を聞いて、確かに四年も帰らずだったら知らない家族が増えていても不思議はないなと苦笑する。

「なら、シンプルなものだけじゃなくて、お花がついてるやつとかもあると喜ばれるかも」

「確かに。ミザリーにアドバイスしてもらえて助かる」

あれもこれもとラウルは手に取り、楽しそうに選んでいる。

キャンピングカーに荷物を載せられるということもあって、それぞれにつまみ細工の髪飾りと小箱を選び、追加でいくつかの髪留めを購入した。


次に目に留まったのは、酒屋だ。

「ねえねえ、お父さんたちお酒は飲む？　都のお酒って、珍しいんじゃない？」

「都は酒も違うのか……？　確かに父さんは毎晩飲むくらい酒好きだ。兄さんもすぐ酔っ払って笑いだすけど、よく飲むし」

どうやらラウル家の男衆はお酒好きのようだ。

あっさり土産を酒に決めて、ラウルは適当に数本の日本酒に似たお酒をみつくろった。

「すぐに決まったね？」

「酒の好みばっかりは、飲んでみないとわからないからな。だから、何本か買ったんだ。みんなの好む味があればいいけど……」

「あ～、確かにお酒の好き嫌いはあるもんね」

特に都で売っているのは都酒というものだったので、飲んでもらわないとわからないだろう。

この世界のお酒の解禁は二〇歳なので、ラウルが試飲して買うこともできない。乙女ゲームなので、特に必要な設定でない場合は日本の法律に合わせて作られている。

たくさん買ったお酒を一度キャンピングカーに運び入れようかと思い、はたとする。

「待って、一度出てまた入ると、たぶんまた通行料を取られると思う……！」

「あ、そうか！　お金に余裕はあるといいつつも、できれば出費は抑えたいもんな。持てない量でもないし、宿の部屋に置いておくのはどうだ？」

「それがよさそうだね。門番が教えてくれた宿に行こうか」

「ああ」

『にゃっ！』

買い物を終えた私たちは、教えてもらった宿屋へ向かった。

ドキドキの高級温泉宿

買い物をしているうちに、だんだんとあたりが暗くなってきた。

まだ地理に詳しくないので、早く宿に行った方がいいだろう。私とラウルが足早に向かっていると、前方から光が見えた。

「ん？　急に明るく……って、なんだあの建物」

「うわっ、すごい……高級温泉宿だ!!」

私たちの前に現れたのは、豪華絢爛《ごうかけんらん》な建物だった。

敷地の手前から両サイドに提灯《ちょうちん》が並び、周囲を照らしている。入り口の前には従業員がいて、上品な客を迎え入れている。

温泉宿の手前に流れる川から湯気が昇っていて、温泉を流しているのだろうということがわかった。

まるで某アニメ映画に出てきた温泉宿のようだ。

中に入ろうとすると、入り口の従業員が「いらっしゃいませ」と案内を申し出てくれた。

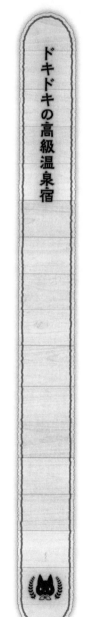

「本日ご予約のお客様でいらっしゃいますか？」

「いえ、特に予約はしていないです。もしかして、空き室はありませんか？」

都に着いてすぐ、宿を取るべきだったと今更ながらに後悔する。島国で都以外の村や集落が少ないため、宿が混んでいるとは思ってもみなかった。

私とラウルは失敗した……と顔を見合わせる。

……だけどこんなに豪華な温泉宿なら、同じ都に住んでても利用したくなるよね。しかも温泉だってあるのだから、療養しに来る人もいるかもしれない。

従業員は「さようでございましたか」と微笑んだ。

「当日利用のお客様のお部屋も少しですがご用意しておりますので、すぐに確認いたしますね」

「本当ですか⁉　お願いします」

温泉宿の受付は、豪華な赤い絨毯《じゅうたん》が敷かれていた。

同じ浴衣姿の人が多くいるので、館内着の貸し出しがあるのだろう。こういうところが温泉宿の醍醐味《だいごみ》でもある。

案内されて受付で確認をしてもらうと、まだ空きがあったようでほっと胸を撫《な》で下ろす。

「最後の一室が二人部屋でよかったです。すぐにご案内いたしますね」

「「えっ⁉」」

二人部屋、最後の一室という言葉に、私とラウルは声をあげる。

今までそれぞれ個室を取って宿に泊まっていたので、同室にする予定はまったくなかった。

……キャンピングカーでは同じ空間で過ごしてはいるけど……。

外泊で同室は、また意味合いが違ってくるのでは⁉　と、焦ってしまうわけで。

私が悩んでいるのに気づいたラウルが、「ほかにも宿ってありますか？」と従業員に聞いてくれた。

「都の宿は、当宿だけです。外から客人が多く来る場所ではありませんから」

「あー、そうですよね」

従業員の言葉にラウルががっくり項垂《うなだ》れ、私にこっそり耳打ちをしてきた。

「俺はどっかで野宿するから、ミザリーが宿に泊まってくれ」

「え⁉　それなら私が野宿するよ！　キャンピングカーがあれば安全だし」

「それだと都から出ないといけないだろ？」

どうやらラウルは都の中でどうにかして夜を明かすつもりらしい。でなければ、再び通行料が掛かるということもあるだろう。

私はすぐに首を振る。

「さすがにそれは許可できないよ。初めて来た都の夜に、ラウルをほっぽり出すなんてとんでもない‼」

「いやいや、ミザリーをほっぽり出す方がとんでもないだろ？」

まるで私を落ち着かせるようなラウルの言い分に、「む〜〜ん」と唸《うな》って名案がないか頭を働かせるが……解決策なんて一つしかないに決まっている。

「よし、一緒の部屋にしよう。どっちかが野宿になるよりマシだし、キャンピングカーだってレベルアップするまで個室はなかったんだから」

「ちょ、ミザリー!?」

「大丈夫！」

キャンピングカーの生活となんら変わらないと、私は自分に言い聞かせる。

「二人部屋で構わないので、お願いします」

「かしこまりました。では、ご案内させていただきますね」


部屋までの道中で、従業員が温泉宿の説明をしてくれる。

「当温泉宿は歴史ある建築物で、創業一三六年でございます。温泉の効能は美白を謳《うた》っておりますが、療養される方も多くいらっしゃいます。お部屋にそれぞれ部屋風呂がついているほかに、五階が大浴場になっておりますので、ぜひご堪能いただければと思います」

「部屋に温泉がついてるなんて、すごいですね」

「ゆっくりくつろぎたいお客様が多いことから、すべての部屋にご用意しているんですよ」

やはり高級温泉宿だけあって、私たち冒険者が普段使う宿とはコンセプトから違うようだ。のんびり温泉に浸《つ》かってゆっくりする、なんと贅沢《ぜいたく》だろうか。

大きな窓からすぐ裏手の山が見え、暖色の明かりが見えた。どうやら山にも提灯が飾られているようで、その景色が見えるようになっているらしい。

そんな景色を見ながら廊下を歩き、案内されたのは三階の部屋だった。

「こちらをお使いください。何かありましたら、魔導具でお知らせくださいませ」

「わかりました。案内ありがとうございます」

私がお礼を言うと、従業員は礼をして下がった。


案内されたのは、一〇畳ほどの和室だった。

入ってすぐ左手にトイレと洗面所があり、奥の窓の向こうには部屋風呂が完備されている。

掛け軸が飾られ、花が活《い》けられていて、とても風流だなと思う。

窓から見えるのは提灯の明かりが見える山々で、景観も素晴らしい。


「すごい部屋だな……。あ、これが部屋風呂か！」

ラウルが部屋を見回しながら中に入り、窓から外を見ている。窓の横にはドアがあり、そこから外に出られるようになっている。

温泉に入るときに利用するドアだろう。私は遠慮なくドアを開けて、一歩外へ出てみた。

「ベランダが温泉になってるんだね。すごい、いい景色！」

『にゃうっ』

プライベート温泉は源泉かけ流しで、すぐにでも入ることができるようになっている。

「前に、おはぎと一緒に森の温泉に入ったねぇ」

『にゃぁ』

おはぎは覚えていたのか、嬉《うれ》しそうに声をあげた。

「せっかくだし、ミザリーとおはぎで先に入ってきたらどうだ？」

「え？　いいの」

「ああ。ゆっくりしてくれよ」

私はお言葉に甘えることにして、おはぎと一緒に先に温泉に入ることにした。

部屋に備え付けられているタンスから浴衣とタオル類を持ってベランダに出ると、つい立てと棚が用意されていた。

窓には、外から閉めることができるカーテンも用意されている。

……これなら安心して入れそう。

いや、決してラウルが覗《のぞ》くかもとか、そういうことを思っているわけではなくてですね……!!

『にゃうにゃう！』

「あ、待ってよおはぎ！」

私がもだもだしている間に、おはぎが嬉しそうに温泉へ向かっていく。猫は水が苦手とはよくいうけれど、おはぎはむしろ好きな部類だ。

外に行くことが多くて、体を洗う頻度が高いのも理由の一つかもしれない。

『にゃふぅ』

「あ、こら！　先に体を洗ってからだよ」

『にゃにゃっ！』

乳白色温泉に飛び込んで気持ちよさそうにしたおはぎをすぐさま抱き上げて、私はおはぎの体を石鹸《せっけん》で洗っていく。

今日もなんだかんだ外に出ていたので、温泉前に洗うのは必須だ。

「洗わせてくれていい子だね、おはぎ」

『にゃふ』

私がくるくるマッサージするように洗っていくと、おはぎの顔はすぐにとろけてゴロゴロと喉を鳴らす。

……一流のマッサージ師になった気分だ。

「どこかかゆいところはございませんか、お客様」

なんて言ってしまう。

「っと、洗えたかな？　おはぎ、泡を流すね」

『にゃあっ』

丁寧におはぎについた泡を洗い流せば完了だ。

私は自分の体も洗い、おはぎと一緒に温泉に浸かる。

「は〜〜、気持ちいい！」

『にゃふ〜』

私とおはぎの声が重なった。

おはぎの言葉はわからないけれど、きっと『極楽極楽』と気持ちよさそうにしているに違いない。

乳白色の温泉に肩までつかり、ぱしゃりと顔にかけてみる。これで温泉から上がれば、ツルツルの卵肌になっているに違いない。

「あ、満天の星だ」

山の提灯に気を取られていたけれど、夜空も絶景だった。

ああ、いつまでもここに泊まっていたい……なんて、そんな贅沢なことを考えながら温泉を堪能した。


「ラウル、あがったよ。先に入らせてくれてありがとう」

『にゃうっ』

「おお、お、おう……」

「どうしたの？」

部屋風呂の温泉からあがってラウルに声をかけると、なんだかラウルが挙動不審になってしまった。

「いや、いつもと見慣れない服だったから……」

「あ、そういうことか。館内着の浴衣、可愛《かわい》いよね」

私がくるりと回ってみせると、ラウルは「そうだな」と頷《うなず》いた。男性にも館内着はあるので、ラウルの浴衣姿も楽しみだ。

「お、俺も入ってくるな！」

「うん。ゆっくり温泉を堪能してよ」

私はラウルを見送ると、おはぎに「いいお湯だったね～」と話しかける。ちょうど棚の上にうちわがあったので、それで仰ぐ。

「あ～～、風が気持ちいい。おはぎも、ほら」

『にゃう～』

おはぎもぽかぽかなので、風が気持ちよさそうだ。

「あとは夕食を食べて、寝るだけ……」

寝るだけ……。

「って、ラウルと一緒の部屋にしちゃったけど……やっぱり駄目だったかな。ラウル、困ってたもんね……」

だからといって、ラウルを夜の都にほっぽり出すわけにはいかないので、撤回するつもりはないのだが。

「うう、今更ながら緊張してきた……。どうしようおはぎ……」

私が戸惑いを隠せずにいると、ふいにノックの音が響く。

「失礼いたします。お食事の準備に参りました」

「あ、お願いします！」

今日の楽しみの一つ、高級宿の食事がやって来た。私の緊張はご飯がきたことで、ワクワクに代わってしまった。

……なんて単純なんだ、私!!

用意された夕食は、とても豪華だった。

伊勢海老《いせえび》を始めとした海の幸のお刺身に、焼き魚。一人用の小さなお鍋にはすき焼きが用意されていて、ほかには天ぷら、季節の野菜、複数のおかずが入った小鉢、ステーキ、釜飯などが用意されている。

おはぎの分は鶏肉と魚の茹《ゆ》でたものに、鰹節《かつおぶし》がかけてあった。

まさに高級宿に相応《ふさわ》しい夕食だ。

給仕の人は支度を終えたらすぐに退室していった。二時間後くらいに、片付けにきてくれるのだという。

そしてちょうどタイミングよく、ラウルがお風呂から上がってきた。

「おわっ！　すごい飯だ！　こんな豪華なの、初めて見るぞ……。品数がめっちゃ多い！」

「わかる。高級宿って、品数多いよね！」

ラウルが私の向かいに座って、「美味《うま》そう」と目を輝かせている。

……なんだか、緊張しちゃってバカみたい。

いつもキャンピングカーで一緒に生活しているのだから、一緒に温泉に泊まるくらい、まったく、なんともなかったのだ。

「冷める前にいただこうか」

「そうだな」

『にゃう！』

私たちの意見が一致したところで、手を合わせて「『いただきます！』」と食べ始めた。

「あっ、こんなところに山葵《わさび》が……!!」

ラウルがだいぶ慣れた手つきで箸を持ち、お刺身を食べようとしたところで手を止めた。その理由は、まさに山葵が添えてあったからだ。

「お刺身に山葵を載せて、醤油《しょうゆ》につけて食べると美味《おい》しいんだよ」

「まじか……」

食べるかどうするか、真剣に悩んでいるみたいだ。

「山葵がなくても美味しいから、そのまま食べたらいいんじゃないかな？」

私がそう提案すると、ラウルの顔がぱっと輝く。が、すぐに「いや」と首を振った。

「さすがにまったく食べられないのもあれだから、少しずつ挑戦してみる」

そう言うと、ラウルはほんのちょびっとだけ山葵をお刺身に載せて食べた。ツ～ンときたらしく頭を抱えてしまったが、「食べられた！」と嬉しそうだ。

私はお刺身も堪能しつつ、釜飯に手を付けた。

「わあああ、すごい具だくさん！」

鶏肉、椎茸《しいたけ》、ニンジン、ゴボウ、タケノコなどが入っている。ご飯に味がしみ込んでいて、とて

も美味しい。

「すごいな、それ」

ラウルはご飯にいろいろな食材が合うことに驚いているようだ。

自分の釜飯から中身をお茶碗《ちゃわん》によそい、「あ、おこげもあるぞ！」と喜んでいるのはなんだか可愛らしい。

「飯盒《はんごう》でもある程度は作れると思うから、いろんなご飯に挑戦してみよう」

「いいな、それ！　楽しみだ」

ご飯を頬張《ほおば》りながら笑うラウルに、私もつられて笑った。

その後は和食について話をしながら、今度はどれをつくろうこれも作ろうと話をしながら、豪華な夕食を堪能した。


「では、どうぞごゆるりとお休みください」

「……ありがとうございます」

夕食を終えるとすぐ、配膳が下げられ、布団が二組敷かれた。

さっきまでは美味しいご飯に夢中で緊張もまったくなかったけれど、布団を敷かれてしまったら緊張するなという方が無理だ。

どことなく、ラウルの様子もぎこちない。

……さっきからずっとお茶を飲んでる気がするし。

「ミ、ミザリー。やっぱり俺、出かけて――」

「それは危ないから、やめようよ。都の治安はよさそうだったけど、私たちはここの住人じゃないし、何かあったときすぐ対処できるかわからないでしょ？」

もしかしたら夜中は酔っ払いが多く出て、治安が悪くなってる可能性もある。もちろん、ラウルが強いことは知っているけれど……それとこれとは別だ。

……ああ、心臓がドキドキする。

婚約破棄を突きつけられたときだって、もう少し冷静だった気がするのに。

「こ、こういうときはもう寝るのがいいんじゃないかな！」

「そ、それもそうだな。ミザリーだって運転で疲れてるんだし！」

「そうしよう!!」

結論、寝てしまうに限る!!

ということで布団に入り込んだのだが、中居さんの配慮なのかなんなのか、ぴっちりくっつけて敷かれていて――寝転んだときに私とラウルの手の指先が触れた。

「「……っ!!」」

互いに驚いて、私は慌てて手をひっこめた。胸元を押さえると、ドクンドクンという心臓の音が聞こえてくる。

……うわ、恥ずかしい。

「ミザリー」

「……っ、ラウル」

ふいに名前を呼ばれて、ラウルを見る。

その瞳は真剣みを帯びていて、だけどどこか恥ずかしそうで、でも戸惑いの色も浮かんでいるように見える。

しばらく落ちた沈黙で、私の心臓の音がラウルに聞こえてしまうのではと不安になる。

「えっと……」

何か会話を。

そう考えたけれど、気の利いた言葉一つ出てこない。

ああ、どうしよう。

そう思った瞬間――


『にゃうっ』


私とラウルの布団の真ん中に、おはぎが寝転んだ。

「「………」」

『にゃ?』

突然のおはぎの出現に、私とラウルの目が点になったのは言うまでもないだろうか。

「そうだよね、おはぎも一緒に寝るんだもんね」

私が笑いながらそう言うと、ラウルも「二人じゃなくて、三人だったな」と笑う。

おはぎはくああと欠伸《あくび》をすると、すぐ寝る体制に入ってしまった。私とラウルは顔を見合わせて、布団に寝転んだ。

……そうだよね、おはぎがいるんだから緊張する必要なかったんだ！

「おやすみ。ラウル、おはぎ」

「ああ、おやすみ。ミザリー、おはぎ」

『にゃうう』

就寝の挨拶をして、私たちは眠りについた。

砂浜で一休み　～サザエとハマグリの磯焼き～

高級温泉宿に泊まった翌日は都で買い物をし、キャンピングカーに戻った。

購入したものは陶器の食器類や、調味料を始めとした和の食材だ。本当は稲もほしかったけれど、さすがにキャンピングカー菜園で米は無理だとあきらめた。

……キャンピングカーで稲を育てても、きっとお茶碗《ちゃわん》一杯分くらいしか収穫できないだろうからね。


キャンピングカーに荷物をしまっていると、ラウルが「よかったのか？」と私を見た。

「せっかく都に入ったのに、そんなに滞在しなかっただろ？」

「ん～、でもほしいものは買えたし、大丈夫だよ。というか、私の買い物が多すぎて荷物の関係で戻ってきちゃったけど、ラウルこそもっと見たかったんじゃない？」

ラウルに申し訳ないことをしてしまったと思いそう告げると、笑われた。

「はは、俺は大丈夫だよ。家族への土産だって買えたし。……あと、あの宿に連泊するのはきついしな……」

「そうだね……」

なんとあの高級温泉宿、一泊一人一〇万ルクだったのだ。

会計がチェックアウト時だったのだけれど、思わずスイートルームか何かか⁉　と叫びそうになってしまったよね……。

精霊のダンジョンで稼いだとはいえ、一泊にそんな大金をつぎ込み続けたら破産してしまう。

「まあ、元々キャンプするのが好きだからいいけどね。今度、もっとお金を貯《た》めて富豪になったら連泊しにこようか」

「それは楽しそうだな。そんときは豪遊しようぜ」

『にゃうっ！』

そんな冗談を言って、笑いながらキャンピングカーを発進させた。

南浜村に帰るためにのどかな田舎道を走っていると、インパネから《ピロン♪》と音がした。レベルアップの音だ。

「やった、レベルアップ！」

「おお、次はどんな進化をしたんだ？」

最近はレベルが上がってきたからか、レベルアップの間隔が長くなっているような気がする。

やはり走っているばかりではなくて、積極的に魔物を倒したり険しい道を走ったりしなければいけないようだ。

キャンピングカーを停《と》め、インパネを操作してレベルアップの内容を確認する。

《レベルアップしました！　現在レベル19》

レベル19　連動モニタ設置

「連動モニタ？」

いったい何と連動しているのだろうと、私は首を傾《かし》げる。

「とりあえず、居住スペースに見に行ってみるのがいいんじゃないか？」

「それもそうだね」

居住スペースに行き、恒例のどこが変わったのでしょうタイムだ。

左右の確認をしようとして――見つけてしまった。もしかしたら今までで最速の発見かもしれない。


運転席側に背を向け左側、テーブルの壁にモニタが設置されていた。丸窓の下部分にある大きさは、だいたい12インチくらいだろうか。

モニタには運転席から見た景色が映し出されていて、右下あたりにワイプでインパネの映像も映し出されている。

これがあれば、居住スペースにいながら運転席視点でどこを走っているかとか、どのような状況かとか、そういったことがすぐにわかる。

る。

「相変わらずすごいな、これ」

「うん。でも、ここで前方の様子が見えるのはありがたいよね」

テーブルで食事をしているときもカーナビが見えるので、人や魔物が近づいてきてもすぐにわか

「地図がもう少し大きかったら見やすいんだけどなぁ」

「それは確かに。……あ、もしかしてタッチパネルになってるかも？」

モニタに映るワイプの地図にタッチすると、大画面だった外の様子と入れ替わった。外の様子がワイプになり、インパネの地図が大画面に映し出されている。

「触ると切り替えられるのか！　いいな、これ」

「地図が大きいと見やすくていいよね。あ、スワイプすれば地図を動かすこともできるみたい」

これは有効活用できそうだ。

ご飯を食べながら次の目的地の話ができるし、休憩を取るタイミングもわかりやすくなりそうだ。

「私たちが今いるのは、都から出て一つ目の集落あたりだね。今夜はどこかで一泊して、明日には南浜村に戻るスケジュールにしようか」

「ああ」

さっそく設置されたモニタを使って、南浜村までの距離などを確認した。

まっすぐ飛ばせば今日中に到着するだろうけれど、せっかくなら遠回りしてのんびり戻るのも旅

の醍醐味《だいごみ》だろう。

瑞穂《みずほ》の国の南側は砂浜になっていて、綺麗《きれい》な砂が太陽の光を反射してキラキラしていた。

ときおりある桟橋には船がくくりつけられていて、漁で使っているのだろうことがわかる。きっと集落が近くにあるか、昔近くに住んでいた人がいるのだろう。

せっかくなので砂浜までキャンピングカーを乗り入れて、海の近くへやってきた。

私がおはぎを抱き上げてゆっくり砂浜に降りる横で、ラウルは大きく一歩を踏み出す。

「お～、すごい」

砂浜に出たラウルが一番に声をあげて、砂の上を楽しそうに走っている。

「砂がサラサラで綺麗だけど、太陽がぎらついてるから肌が焼けそう……!!」

日焼け止めが恋しい季節だよ……！

砂漠といい、白い砂浜といい、ここ最近は日光が気になりすぎている。

私の主張を聞いたラウルが笑って、「女はそういうの気にして大変だよな」なんて言う。しかし、それを心配しなければいけないのは男も一緒だ。

「男だってケアしないと顔がシミだらけになっちゃうんだからね!?」

「えっ、それは困るんだけど⁉」

ラウルが慌て出したので、私も笑い返す。

『にゃ、にゃっ！』

「あ、おはぎも砂浜が気になるよね。でもここは熱いから、海水が来るところまで行こうか」

私は急いで波が来る場所まで行って、「海の中に入るのは駄目だからね」とおはぎに注意をしつつ下ろしてあげる。

『にゃ！』

「いいお返事、さすがはおはぎ！　可愛《かわい》い！」

おはぎに便乗とばかりに私も靴を脱いで、砂浜の熱さにやられながら波打ち際に足をつけた。

ざざんとゆっくり波がやってきて、私の足元の砂を掘り返すように引いていく。その感触にゾワゾワしたものを感じていると、びっくりしたらしいおはぎがその場でぴゃっと跳び上がった。

「あはは、波が引くこの感触は慣れないよねぇ」

『にゃうにゃうー！』

おはぎがぷりぷり怒っているのだけれど、それもまた可愛い。

「うわ、ミザリーたちばっかりずるい。俺も海に入るぞ！」

同じように靴を脱ぎ捨てたラウルがやってきた。そして波に足を取られて、ゾワゾワっとした感触に「うわー！」と笑いながら声をあげている。

すごく楽しそうだ。

「海って面白いな。もっと奥の方にいったらどうなるんだ?」

「沖に行くほど波が強くなるし、危ないよ。すぐ深くなるし」

今は浅瀬だからいいけれど、靴を脱いだだけで沖まで行くのは無謀でしかない。ラウルは「それもそうだな」と納得した。


しばらく波打ち際で遊んでいると、「おーい」と声をかけられた。

どうやらこの近くの集落に住んでいる人のようだ。腰にカゴを提げた初老の男性で、漁の帰り際のようだ。

「こんなところで何してるんだ?」

「この国にきたばっかりなので、いろいろ見て回ってるんです!」

ラウルが声をあげて答えると「そうかそうか~」とすぐに頷《うなず》く。すると、男性はこっちまでやってきた。

「旅人ってことか。せっかく来てくれたんだ、美味《うま》いもの食わせてやるよ」

「え?」

男性はこっちこっちと私たちを手招きして呼ぶと、カゴの中身を見せてくれた。見ると、大きなサザエとハマグリが入っていた。

「うわ、美味《おい》しそう……!!」

「お、嬢ちゃんわかってるね。これを焼いて酒をやるのが最高なんだ。ちっとまってろ、すぐに焼いてやるから」

すぐに波打ち際から離れた男性は、草木の生える場所まで行って岩を積み上げそこに網をかぶせてあっという間に浜焼きスタイルを完成させてしまった。

とても手際がよくて驚いたけど、すぐに焼け始めた貝の匂いに思わずお腹《なか》が鳴った。

サザエもハマグリも、ちょっとお醤油《しょうゆ》を垂らして食べたら最高に美味しいに決まっている。

「なんていうか、この国の人たちって本当にみんな親切だな」

「うん。私たちが旅人ってだけで歓迎してくれるしね。外の話が聞きたいんだと思うけど、そう簡単にできることじゃないよね」

私たちはさっと足を拭いてから靴を履き、男性のところへ行った。


「へええ、ダンジョンか！　男のロマンだなぁ」

男性に冒険の話をしたら、楽しそうに聞いてくれた。

話したのは精霊のダンジョンのことで、精霊のことは伏せつつ魔物のことや内部の様子、攻略組がキャンプをしているなどを話した。

「俺も若い頃に満月の道を通って外に行こうとしたんだが、駄目だったんだよなぁ」

「そうだったんですね……」

「まあ、今じゃ笑い話さ」

焼けてきたサザエとハマグリに男性が醤油を垂らし、「そろそろ焼けるぞ」と私たちを見た。

「いい匂い……。いいんですか？　本当にいただいてしまって……」

「楽しい話を聞かせてもらったからな。ここは安定して暮らしていけるが、代わり映えしないからつまらなくてなぁ」

私たちの話を聞けたことが、とても楽しかったようだ。

男性が竹串でサザエの蓋をこじ開け、つるんと身を取り出してくれた瞬間――ラウルが「うわっ」と声をあげた。

「ハッハッハッ、サザエは初めてみたか」

「あ、すみません……」

「いいさいいさ、集落にも嫌いな奴《やつ》はいる」

……まあ、サザエって見た目が結構グロテスクだもんね。

しかも黒っぽいところは苦いので、サザエのつぼ焼きが嫌いな人はまあまあ多い印象がある。かくいう私もお刺身の方が好きだったり。

「どうする？　やめておくか？」

眼前に差し出されたサザエを見て、ラウルはごくりと息を呑《の》む。

「いえ、いただきます……！」

「私もいただきます！」

もしかしたら、ハマグリはサザエが合わなかったときの口直しのため後にしてくれたのかもしれない。

なんてことを考えながら、私はサザエを一口でいただく。ワタが苦いけれど、肉厚で歯ごたえがあって美味しい。

……そういえばサザエの色がクリーム色と緑色なのは、オスメスの違いだって聞いたような気がする。緑色の方が苦かったはずだ。

ちらりとラウルのサザエを見ると、緑色だった。

……頑張れ、ラウル！

「男は勢いだ！」

そう叫んだラウルが、私と同じように一口でサザエを食べた。

モグモグとよく噛《か》んで、一瞬うっというような顔をしたけれど、すぐに思ったより悪くないぞ？ というような顔に変わっていった。

「ちょっと苦かったけど、それもアクセントみたいで美味い！」

「おお、このよさがわかるか！」

「わかる‼」

山葵《わさび》は駄目だけれど、サザエの苦みは問題なかったようだ。

サザエを美味しく食べたラウルは、次にハマグリに目を付けた。が、これは瑞穂の国以外でも見かけるので、ラウルも食べたことはあるだろう。

「そっちは知ってるけど、醤油で食べたことはないな……」

「ハマグリは醤油で食べるのが一番だ」

ほんのちょびっとしか醤油を垂らしていないので、きっと素材の味を引き立ててくれているだろうと私も思う。

ラウルは竹串でハマグリの身を刺して、「いただきます！」と口へ入れた。それを見て、私もハマグリを食べる。

「ん～～っ、美味しい!!」

熱くて口の中ではふはふしてしまうけれど、ハマグリの旨味がぎゅっと凝縮されていて、いつまでも噛んでいられそうだ。

……はあぁ、美味しすぎる。

「これもとっても美味しいです！」

「ハッハ、喜んでもらえてなによりだ」


雑談をしながら食べていたこともあり、気づけば夕方になっていた。

男性は集落に帰らなければいけなくなったので、帰っていった。寝床を申し出てくれたけれど、キャンピングカー生活も楽しみたいので今回は丁重に断った。

今日はこのまま休んで、明日になったらまた南浜村に向けて出発なのだけれど――まさか、南浜村で大変なことが待ち受けているとは、今の私たちには想像もつかなかった。

キャンピングカー間取り

Lv19 キャプコンバージョン

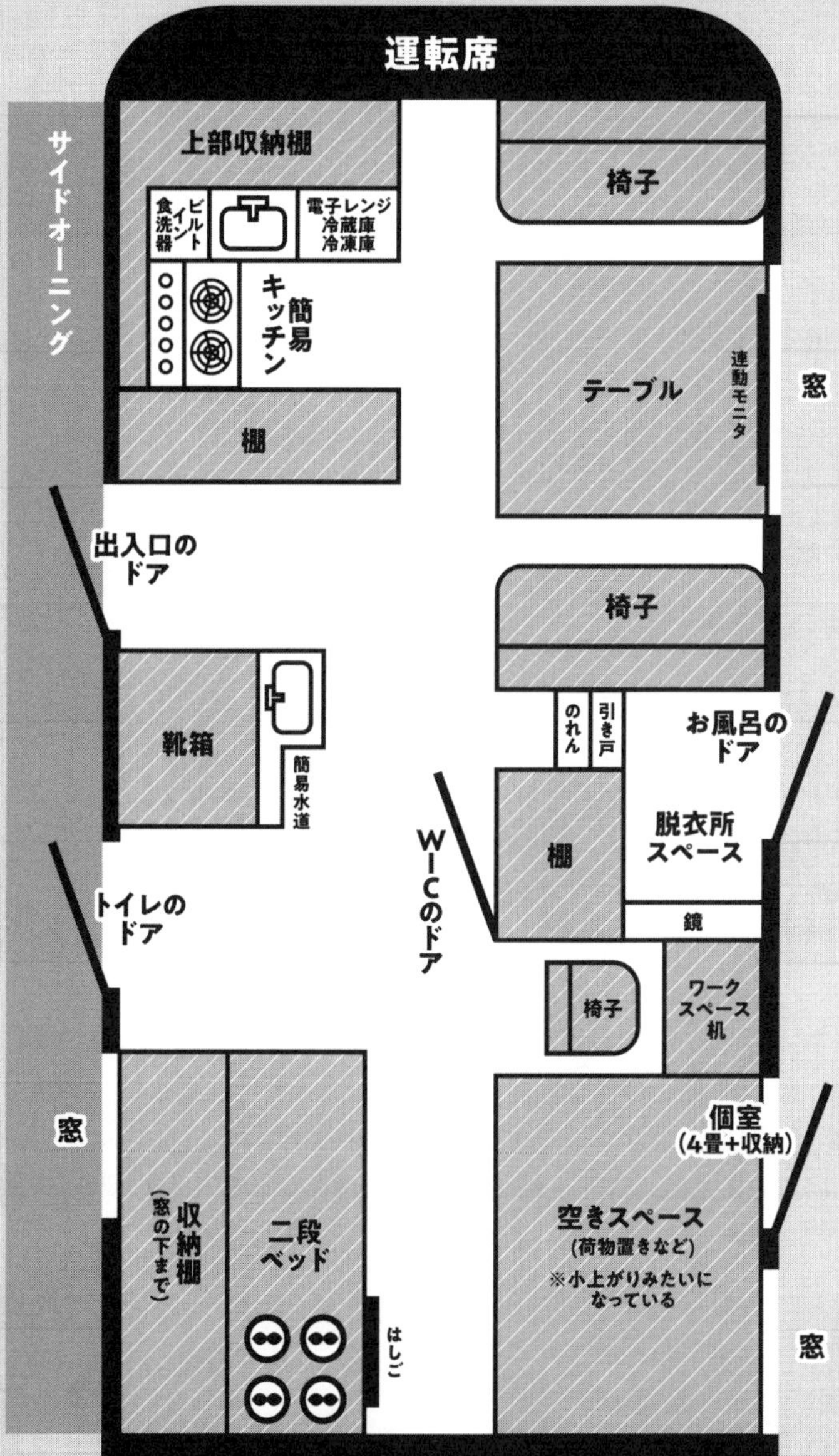

真夜中の出来事

「おかえりなさい、ミザリーさん、ラウルさん。都はいかがでしたか？」

私たちが南浜村に戻ると、宗一が迎えてくれた。ちょうど蕎麦《そば》の配達をしていたようで、おかもちを持って村の入り口近くにいたのだ。

「都はとてもすごいところでした」

「家族へ土産を買って、楽しんできたんだ」

私たちがそれぞれ感想を言うと、宗一は「それはよかったです」と微笑んだ。

「ラウル、宗一さんの持ってるのがおかもちだよ」

「え、あれがおかもち⁉　確かに俺が作ったキャンプ道具と雰囲気は似てるな」

おかもちを見ていることに気づいた宗一が、「見ます？」と言っておかもちの蓋板を開けて中を見せてくれた。

中は木の板を一枚差し込み、二段になっている。そこに蕎麦などを入れて配達しているのだと教えてくれた。

「結構シンプルな作りなんだな。でも、参考になった。ありがとう」

「それはよかったですけど、おかもちを持ってるんですか？」

「ミザリーが料理好きだから、似たような感じで調味料とかを入れられる箱を作ったんだ。俺、木工加工がそこそこできるからさ」

村の中を歩きながらラウルが説明すると、宗一はなるほどと頷《うなず》いた。

「俺は不器用だから、自分で作れるラウルさんが羨ましいよ」

「そうか？　俺は蕎麦を打てる宗一さんの方が尊敬できるけどな」

蕎麦の虜《とりこ》になったラウルにとって、蕎麦を打てる宗一はいつの間にか尊敬する人物になっていたようだ。


宗一と話をしながら、紬《つむぎ》の家――村長の家までやってきた。

宿泊するかどうかはさておき、戻ってきた挨拶はしなければと思ったからだ。ちょうど出てきた村長に声をかけると、「おかえり！」と出迎えてくれた。

「もう都に行ってきたのかい？」

「はい。とっても楽しかったですよ」

「それは何よりだ」

私とラウルが楽しめたことを伝えると、村長は嬉《うれ》しそうに笑ってくれた。

「そういえば、二人はあとどれくらい滞在する予定なんだい？」

「あ……あまり考えていなかったです。でも、次の満月の道ができたら……かなぁ？」

私は村長に応えつつ、疑問形でラウルに顔を向ける。

とはいえ、満月になるのは一カ月に一日程度と、次の満月まではかなり日数がある。それをずっとここでお世話になるのはさすがに図々《ずうずう》しいし、気疲れもしてしまう。

「俺も次の満月のときでいいと思う。でも、結構日数があるな……」

……どうせなら、ときおり食料を買いに村に来て、どこかでキャンプ生活をするのもいいかな？　なんて私が考えていると、ラウルも「もっと島のいろいろな所に行ってみるのはどうだ？」と提案してくれた。

「都に行くまでも景色を楽しんだりしたけど、南北の海沿いに行って魚釣りをするのも楽しそうだなって思ったんだ」

「いいね、それ」

しかも今は夏なので、水着はないが多少海に入って遊ぶのもいいかもしれない。

私たちがそんな話をし出したら、村長はとても驚いた。

「ラウルはまだしも、ミザリーは女の子だろう？　そんな無理はせず、気にせず我が家に泊まっていきなさい。子供が遠慮なんてするものではないよ」

「いえ、遠慮なんてしていないですよ。私が冒険が大好きなだけですし、今までも冒険者としてそうやって過ごしてきたんです」

「しかし……」

問題ない旨を伝えたけれど、村長から見たらまだまだ子供の私は心配らしい。

……よそ者の私のこともこんなに心配してくれるなんて、優しい人だ。

「村長の気持ちだけいただいておきます。ありがとうございます」

「……そうか。冒険者だと聞いていたのに、私こそ無理に言ってすまなかった」

「いえいえ！　お心遣いは嬉しいですから」

私が首を振ると、村長は微笑んでくれた。

「そういえば、村の外はどうでしたか？　都の方の天候は……」

「幸いなことに、ずっと晴れでしたよ。過ごしやすくて助かりました」

「……それはよかった」

ひとまず今日から自分たちで住み処《か》はどうにかするということを伝え、引き続き村の商店などで買い物したりするという話になった。


「そういえば、紬さんはいらっしゃいますか？　帰ってからまだ会っていないので、挨拶をできればと思ったんですけど……」

軽く屋敷の奥を見ながら聞いてみると、村長は「出かけているんですよ」と告げた。

「所用があるので、しばらくは戻りません。せっかく来ていただいたのに、すみません」

「そうなんですか……。次の満月までに会えたらいいんですが……」

私が自分の帰りのスケジュールを告げると、村長は難しそうに首を振る。どうやら村内にいるのではなく、どこかへ出かけているようだ。

……戻るのは結構先みたいだから、もしかして都とか遠くの集落に行ったのかな？

もし知っていればお世話になったお礼にキャンピングカーに乗せてあげることもできたのにと、私は知らなかったことに肩を落とした。

「紬さんに会えなかったのは残念ですが、今日はこれで失礼します。商店で買い物をしたら、村の外を見て回っててきとうなところで野宿を楽しもうと思います」

「こちらこそ、戻ってきていただいたのにすまなかった。何かあれば、いつでも我が家を頼ってくれて構わないよ」

「「ありがとうございます」」

『にゃ！』

挨拶を終え、私たちは村長の家を後にした。


「紬さんに会えないのは残念だったな」

「うん。山葵《わさび》が美味《おい》しかったお礼も伝えたかったんだけどねぇ……」

そして可能なら山葵を購入できないか聞こうと思っていたのに。

「ええ……。俺、山葵はもういいかなぁ。ちょっとならいいけどさ。ミザリーはよく食べられるなぁ……」

「なんだ、ラウルさんは山葵が駄目なのか？」

ラウルが嫌そうに顔をしかめたら、宗一が笑う。

「山葵が駄目なんて、お子様だな」

「えええぇ……。でも、なんかミザリーにもそんなこと言われたな。……くそう、やっぱりもう少し訓練するか……」

どうにかして苦手を克服せねばと、ラウルがちょっと意気込み始めた。

……でも、別に山葵は食べられるようにならなくてもいいと思う。

これが野菜全般苦手ですとかだったら、私も克服した方がいいとは思うけれど、そうじゃないからね。

「そうだ、裏山の山葵をちょっと見てもいいか？　育ててるところを見た方が、美味しく食べられると思うからさ」

「ああ、いいですよ」

宗一に付き合ってもらい、私たちは先日見た山葵を育てている場所にやってきた。湧き水がチョロリ……と流れて、大きな山葵の葉が目に留まる。

……あれ、なんかこの間と違うような……？

ちょっとした違和感のようなものを覚えたけれど、明確に何が違うかはわからなかった。もしかしたら、気のせいかもしれない。

「うーん。この状態の山葵なら、なんとも思わないんだけどな……。おろしたら鼻がやられるんだよな……」

「それはもう慣れるしかないですね」

「宗一さんはどうやって克服したんです？」

「俺は……子供の頃から見慣れた食材でしたし、山葵の辛さに少しずつ慣れていった感じですかね。まずは本当にちょびっとの量を、料理に使うところから始めてみるといいですよ。生食より、加熱した方が鼻にツンと抜ける匂いも落ち着きます」

「それなら俺でもいけるかもしれない……。やってみます、ありがとうございます！　そうと決まれば、今日の夕飯はちょい山葵だ……！」

ラウルが夕飯から山葵克服トレーニングをするみたいで、燃えている。

……うーん、それなら山葵茶漬けとかがいいかもしれないね。

商店で鮭《さけ》を買って焼いて、海苔《のり》も売っていたからそれを刻んで載せればお手軽に作ることが可能だ。

「よしっ、ラウルの山葵克服のために私も頑張っちゃうよ！」

「サンキュー、ミザリー！」

私たちが盛り上がりを見せていると、宗一が羨ましそうにこちらを見た。

「宗一さん、どうしたんです？」

「……さっき、紬が出ていると言ったじゃないですか。実は俺、何も聞いてなくて……」

「え、そうだったんですか？」

紬と宗一は仲がよさそうに見えたので、何も言わずに紬が長期間出かけるとは思わなかった。

「なんとなく、二人は恋人同士かと思ってましたよ」

だけど長期の不在を知らせないのであれば、それはないだろう。私が冗談めいた感じで告げたら、宗一がわっと恥ずかしそうな声を出して両手で顔を覆った。

「ななな、なんで俺と紬が恋人同士だってわかったんです⁉」

どうやら当たりだったようだ。

「いや、なんとなくの雰囲気で？」

「そうだったのか。……でも、だったら長期間も黙って不在にしたりしないんじゃないか？」

「…………ですよね？」

何も知らなかった宗一は、どうして知らせてもらえなかったかわからず困惑しているようだ。それに今も理由がわからないなんて、私だとしても戸惑うよ。

「うーん……。私たちはよそ者なので教えてもらえないかもしれませんけど、宗一さんなら村長さんに聞いてみたら教えてもらえるんじゃないですか？」

「いや……。俺は恋人として認めてもらえてないんだ」

「え……っ」

突然の重い告白に、私はなんてフォローすればいいかわからずラウルを見てしまう。が、ラウルも私と同じで困り顔だ。

「村長は、都の偉い人と紬を結婚させたいんだ。俺みたいな蕎麦屋《そばや》の息子は、相応《ふさわ》しくないと思ってる」

「「ええっ⁉」」

宗一の言葉に、私とラウルは驚いた。

村長はとても優しそうで、そんなことを言うなんて思ってもみなかったからだ。

しかし同時に、父親として娘にはよいところに嫁いでもらいたい気持ちや、村と都の繋《つな》がりを作らなければいけない村長の責務などもあるのかもしれない……と思ってしまう。

……権力者の娘に生まれるのも、大変だね。

「でも、紬のことは心配だから聞きに行ってみるよ。ごめんな、二人に愚痴みたいに……」

「全然！　気にしないでください。紬さんのこと、何かわかったら教えてください」

「俺たちも旅立つ前に挨拶したいからな」

「わかりました」

宗一にエールを送り、私たちは南浜村を後にした。


キャンピングカーを出して拠点にしたのは、南浜村から歩いて一〇分ほどの場所だ。

海岸も近いので釣りをしやすいし、山も近くにある。山菜採りの許可も村長にもらった。次の満月まで時間はたくさんあるので、のんびりするつもりだ。

シャンシャン、リンリンと、何かの鳴る音がふいに耳に届き、私の意識がうつらうつらと浮上した。
「……？」

かすかに聞こえる音は、なんだか不思議な音色だ。

私が自室を出てキャンピングカーの居住スペースに出ると、その音がわずかに大きくなった。その理由はすぐにわかった。テーブルのモニタのスピーカーからも聞こえてきているからだ。

時刻は深夜――丑《うし》三つ時とでも呼ぶような時間だろうか。

私がじっとモニタを見ていると、何やら遠くに明かりが映った。橙色《だいだいいろ》のそれは、高級温泉宿で見た提灯《ちょうちん》の明かりと同じだ。

「こんな時間に、提灯……？」

『にゃうぅ……？』

「あ、ごめんねおはぎ、起こしちゃったね」

おはぎが私の肩に飛び乗ってきたので頭を撫《な》でると、仕方がないなぁとばかりに頬にすり寄ってきてくれた。

「……ミザリー？　どうしたんだ……？」

「あ、ラウル。なんだか外の様子がおかしくて……」

「外の……？」

私が戸惑ったような声で告げると、寝ぼけた様子だったラウルは一瞬で覚醒したようで、「何があったんだ？」と真剣な様子でこちらにやってきた。

そしてすぐに、「鈴の音……？」と耳を澄ました。

「外から聞こえてるみたい。それにほら、提灯の明かりも」

「これって、南浜村だよな」

「うん。……でも、特に宴会ともお祭りとも聞いてないし……」

もし宴会を開くのであれば、あの村長が私たちを誘わないはずがないとも思う。宗一だって、教えてくれるだろう。

暗闇に浮かぶ提灯の明かりが少し不気味で、夏だというのに私の肩が無意識に震えた。

「……もしかして、紬さんがいなかったことと何か関係があるのかな?」

「宗一さんも紬さんの行き先を知らないって言ってたし、ちょっと怪しいな」

私とラウルは不安になって、様子を窺《うかが》うために徒歩で村へ向かった。


村に近づくにつれて大きくなる鈴の音は、とても不気味に聞こえた。その理由はきっと、鈴の音だけで、ほかの音――人の声などが聞こえないからだ。

「お祭りなら、騒いでるはずだもんね」

「ああ。……なんか、儀式めいた感じがするな」

ラウルの言葉を聞き、私は確かに……と頷く。

「でも、いったい何の儀式だろう」

建物の陰に隠れながら見ていくと、先頭を歩く屈強な男が駕籠《かご》を担いで村長宅の裏にある山へ入って行った。

駕籠についている鈴が鳴っていたようで、音色が山から聞こえるようになる。

……こんな夜中に山の中に駕籠を担いでいくとか、嫌な想像しかできないんだけど⁉

嫌な汗が流れるのを感じながら、どうすべきかを考える。

「あの駕籠、何が入ってるんだろうな。……人が乗ってても余裕そうな大きさだったな」

「…………」

どうやら私とラウルが考えていることは同じようだ。

「でもでも、人を乗せてこんな夜中に山奥に行ってどうするの？　紬さんが言ってた山の主様の生贄《いけにえ》にでもするの……？」

「生贄って、そんな……まさか……。村の人たちは、みんないい人たちだったし……」

「そうだよね？　まさか……だよね……？　でもそういえば、紬さんは私たちが帰る時期になっても戻ってないかもって村長さんが言ってて…………」

もしかしたら駕籠に乗っているのは紬ではないのか、という考えが頭の中をよぎる。それはラウルも同じだったようだ。

私たちからサーっと一瞬で血の気が引いていく。

「あの駕籠に乗ってるのが紬さんだったらどうしよう……！」

「とりあえず、追いかけてみるしかないだろ……っ！」

小声で結論を出した私たちがその場を後にしようとしたら、くぐもったような呻《うめ》き声が聞こえてきた。

咄嗟《とっさ》に、ラウルが前に出て私を庇《かば》った。

「うー……！」

何事だと思い身構えたが、すぐ近くにある民家の裏あたりから聞こえてきているようだ。

「ミザリー、静かに」

「う、うん……」

……でも、必死に助けを求めるようにも聞こえる？

ラウルと顔を見合わせて頷き、声のする方を確認してみることにした。


「「宗一さん⁉」」

民家の裏を覗《のぞ》いてみると、縄で縛られた宗一が芋虫のようにうねうねしながら助けを求めてうめき声をあげていた。

私は慌てて口に当てられていた手ぬぐいを外し、ラウルが剣で縄を切って宗一を助け出す。

「大丈夫か？」

「はぁ、はっ……。助かりました。二人とも、ありがとうございます」

「いえ……。でもいったい何事ですか？　昼に村にいたときは、普通だったのに」

『にゃう』

私が理由を問うと、おはぎも心配そうに宗一を見ている。

宗一はぐっと拳を握りしめて、自分が知っていることを教えてくれた。

「お二人と別れたあと、紬の居場所を聞きに戻ったんです。でも、教えてくれなくて……。教えてくれるまで毎日通おうかと思っていたんですが、夜……いつもなら村人全員が寝てる時間に、大人たちが動いたんです」

今までそういったことはなくて、宗一は驚いたようだ。

宗一がすぐにその異変に気づけたのは、紬のことが心配であまり寝付けなかったためだと教えてくれた。

「いつもぐっすり寝てたんで、起きて父さんと母さんに聞いたらすごく驚かれましたよ。でも、何が始まるか教えてもらえなくて……。大人だけで行う大切な儀式だから、留守番をするように言われました」

怪しさしかない宗一の説明に、私の中の嫌な予感がどんどん膨らんでくる。

「それでこっそり覗いていたら、駕籠に乗っている紬を見かけたんです。村から外へ出かけていると言っていたのに、紬がいるなんておかしいじゃないですか。村長がよくない嘘《うそ》をついているのだろうと、すぐにわかりました。俺はすぐさま紬を取り返そうと、駕籠に突っ込んでいったんですが……まあ、見ての通りです」

「……返り討ちにあったわけだな」

「はい……」

どうやら宗一は考えるよりも手が先に出るタイプのようだ。

「何をする儀式かは、わからなかったってことだよね？」

「だけど、宗一さんを縛っておくくらいだから……きっとよくない儀式なんだろうな」

私とラウルの言葉を聞いた宗一が、ハッとする。

「そうです、早く助けないと……紬がどうなるかわかりません。俺はこのまま追いかけます!! 早く行かないと、見失う!!」

宗一が慌てて走り出そうとしたのを見て、私とラウルは咄嗟に腕を伸ばして着物の裾を摑《つか》んだ。

その勢いで宗一がこけてしまったけれど、行かせなかったので結果オーライだ。

私は小さく深呼吸をして、宗一に紬を助け出す提案を口にする。

「私のキャンピングカーなら、すぐに紬さんを助け出せると思う」

「え――?」

ここが村の中だとか、そんなことは関係ない。

もっと大切なことがある。

「キャンピングカー召喚！」

私の声とともに、すぐそばにキャンピングカーが現れた。それを見た宗一は、突然のことに目を丸くして驚く。

「え、これは……？」

「私のスキルです。乗車の許可を出すので、宗一さんも急いで乗ってください！」

私が運転席に乗り込むのと同時に、ラウルが居住スペースのドアを開けた。すぐ宗一を登録したので、乗り込むまでそう時間はかからない。


カーナビをちらりと見つつ、とりあえずは村長の家の裏手にある山へと向かう。

「儀式のために紬《つむぎ》さんが連れ去られたのはわかったけど、いったいどんな儀式なんだろう……」

一口に儀式と言っても、いろいろある。

巫女《みこ》がただ祈りをささげるようなものから、悪魔に魂を売るようなものまで。ひっくるめて全部儀式という言葉ですますことができる。

「紬さんを乗せた駕籠《かご》は山の中に入っていったよね？」

インパネの地図で山を確認すると、すごい速さで進んでいる赤丸が三つあった。駕籠を背負っている男が二人と、乗っている紬だろう。

……このスピードだと、身体強化のスキル持ちかな？

とりあえず急がなければ儀式が始まってしまいそうだ。キャンピングカーは傷ついてもレベルアップしたら直るのだしと、勢いよく獣道へと飛び込んだ。


獣道は地面からむき出しになっている木の根っこあり、石あり岩ありぬかるみっぽいところあり、さらには木が生えていて隙間を通っていくのが大変と大変なことばかりだ。

容赦なくどかどか木にぶつかりながら、私は爆走していく。

「うおっと、容赦ない運転だな、ミザリー」

「だって、何かあって間に合わなくなったら嫌だもん！」

居住スペースから顔を出したラウルに、私も必死なのだと告げる。

すると、ラウルの後ろから宗一も顔を出した。

「これはすごいスキルだな！　この山道をこんなに早く進めるとは思わなかった」

宗一は、これならすぐ紬に追いつけると思っているようだが……現実はそんなに甘くはない。

「紬を担いでいった人は、たぶん身体強化か何かのスキル持ちです。すごい速いスピードで進んでいっているから」

「くそ、村の自警団の奴《やつ》か誰かか……」

想定外だったようで、宗一はギリッと唇を噛《か》みしめている。

「私も全力で急いでるから、間に合うように祈ってて——あ、赤丸二つが引き返してくる」

「何⁉ 赤丸ってなんだ⁉」

「紬さんの乗った駕籠を背負っていた人だと思う。今回の儀式の詳細も知ってるだろうから、捕まえて話を聞いてみよう」

どうやら帰りは違う道を通るようで、少し右側にずれながら下ってきている。しかしちょうど私の進路方向なので、都合がいい。

……でも、相手が身体強化を使ってたら捕まえるのは大変かも？

何か作戦を考えた方がいいかもしれないと思っていたら、宗一の「来た！」という声が聞こえてハンドルを握る手を無意識に強くした。

とりあえず一人捕まえる、を目標にしよう。

私は二人が接近してくるタイミングを見計らって、ライトをハイビームに切り替えた。すると彼らは、「うわっ！」と声をあげて腕で目を庇《かば》う。

すぐさまブレーキをかけると、刀を手にした宗一が真っ先にキャンピングカーから飛び出した。

「お前ら、紬をどうするつもりだ‼」

「「宗一⁉」」

男たちは、まさか自分たちを追ってくる人間がいるとは思っていなかったのだろう。

宗一が刀を向けたままじりじり間合いを詰めていくと、手を上げて「やめてくれ」と戦う意思がないことをアピールしてきた。

「……いったい何をしてるのか、説明しろ」

怒気を含んだ宗一の声に、男二人はヒッと息を呑《の》む。

「いや、俺たちは別に、その……」

「村のためにやっただけだ！」

「そ、そうだ！　村のためにやったことだから、何か言われる筋合いはない!!　うちは子供も生まれたばかりで、そうしなきゃ駄目だったんだ……!!」

自分たちは命令されてやっただけで、決して悪いわけではないと主張をする。しかし実行犯であることは変わりないので、宗一の怒りが収まるわけがない。

一歩、また一歩と宗一が距離を詰め——

「どうせ誰かが主様に食われなきゃいけないんだ！　だったら、自ら志願した紬を連れていったっていいだろう!?」

「主に、食われる……？」

「宗一、乗って!!」

「早く行くぞ!!」

主に食われるという不穏な言葉を聞き、反射的に体が、口が動く。

……早くしなきゃ間に合わない。

私がアクセルを踏むのと同時に、ラウルが宗一を抱きかかえるようにしてキャンピングカーに飛び込んでくる。

今はこの男二人に説明を求めるより、紬を助けに行く方が大切だ。

「主に食われるって、なんだよそれ……!!」

そんなこと知らないと、宗一の力ない声が私の耳にも届いた。


紬を示すインパネの赤い丸は、この山の山頂付近だ。

私はラウルたちに一切の配慮をせず、全力で獣道を爆走する。一刻も早く紬の元へ行かなければ、きっと大変なことになる。

獣道の運転をしながらカーナビを見るのは難しいので、ラウルが道を示してくれる。

「……なあ、ミザリー」

「うん？」

「地図上の青丸って、確か魔物だよな？」

ラウルの問いに私は一瞬考えつつも、「そうだよ！」と頷《うなず》く。

「だけど魔物以外の可能性もあるから、あんまり断定はしてない。もしかしたら、凶暴な動物の可能性だってあるし。青だからキャンピングカーで轢《ひ》いても問題はないと思うけど……」

「まずい！　青丸が紬さんだと思われる赤丸に急接近してる！」

「なんですと⁉」

私が慌ててアクセルを踏むと、ブルルンッと吹かしたような音が発生し、わずかにぬかるんでいる地面にタイヤをとられる。

……ああもうっ、湧き水め‼

湧き水があるから、ぬかるんでいる地面が多いのだろう。

しかし今は文句を言っている場合ではないので、全速力で向かう。

注意力散漫の状態で運転していたからか、ガッと大岩に前輪を乗せてしまった。しかし勢いがすごすぎたせいで、キャンピングカーがそのまま空を飛ぶ。

「え、え、え、え、え――――⁉」

思いがけない展開に、一気に体からぶわっと汗が湧き出た。

そしてえもいわれぬ浮遊感と、すぐ後に来る落下の衝撃。私は思わず「ぎゃんっ！」と間抜けな悲鳴をあげたけれど、アクセルは踏みっぱなしだったのでキャンピングカーはそのまま進む。

……やっば、キャンピングカーで空飛んじゃったよ……！

岩をガッと勢いよく踏めば空を飛べることが判明してしまったけれど、心臓に悪いので二度とやりたいとは思わない。

いや、正確には飛んだわけではないけれど。

「大丈夫か⁉　ミザリー！」

「ラウルたちこそ大丈夫⁉」

『にゃーっ！』

シートベルトを締めている私やラウルよりも、居住スペースにいた宗一の方が百倍ピンチだったに違いない。

「それが、こっちは多少の揺れくらいしか来てないんだ」

「えっ⁉」

まさかの運転の衝撃は、居住スペースではかなり緩和されるようだ。

これもスキルから生まれるキャンピングカーゆえだろう。ひとまずみんなと食器や小物類にも被害がなかったと知りホッと胸を撫《な》で下ろす。

「よし、もう印の位置は目の前だ！」

「――っ、紬‼　危ない‼」

ラウルと宗一の声が響いたのと同時に、私の視界にも紬が見えた。

入り口が大きな洞窟があり、その手前に空になった駕籠が一つ。そして洞窟に一歩入った場所で、紬が膝をついて驚きに目を見開いてこちらを見ていた。

しかし紬の背後に――大口を開けている巨大な蛇がいた。見るからに邪悪そうな雰囲気で赤い舌を出し、今にも紬を食らおうとしているかのようだ。

「させない！」

私は無我夢中で、考えるよりも先に――洞窟手前の岩に前輪を乗り上げて、もう二度とするもんかと誓ったのを忘れ、再びキャンピングカーで空を飛ぶ。

着地地点はもちろん、あの大蛇の魔物だ。

「紬さん、しゃがんで!!」

「え、あ……っ」

窓から顔を出して私が叫ぶと、声が聞こえた紬が自分の頭を庇うようにしてその場で身を屈《かが》めた。

キャンピングカーは紬を飛び越え、大蛇の顔面へと着地する。計算したわけではないけれど、私の計算通りだ……!!

ズシャアと大蛇の顔面に着地したキャンピングカーは、タイヤをキュルキュルさせて大蛇にタイヤ痕をつけた。

紬を食らおうとしていたのは、灰色の大蛇だった。

瞳は鋭い赤で、その太さは二メートルはあるだろうか。

洞窟から出てきたため全体の長さはわからないが、軽く一〇メートルは超えていそうだと太さから推測できる。

キャンピングカーが地面に着地すると、宗一が慌てて紬の元へ駆けて行く。

「紬、大丈夫か!?　ここは危ない、すぐに帰ろ――」

「駄目です!!」

「……紬?」

宗一が紬の腕を取り連れていこうとしたが、それは紬本人から拒否されてしまった。

「で、でも、このままだと蛇に食われるんだぞ!?」

「……蛇ではなく、山の主様です。宗一、何も言わずに生贄《いけにえ》になってごめんなさい。でも、こうするしかないの」

どうやら紬の決意は固いらしく、大蛇に食べられるつもりのようだ。

……あの男たちの話は、一応本当だったたっていうこと？

私とラウル、おはぎもキャンピングカーを下りて紬の元へ行く。紬が主と呼んだ大蛇は、キャンピングカーで轢いた衝撃で気を失っている。

「紬さん、詳しく話を聞いてもいいですか？」

「——！　ミザリーさん、ラウルさん」

紬は目を見開いて驚いたあと、ぽつりぽつりと説明をしてくれた。

「宗一は気づいていると思うけど、もう一カ月以上……雨が降っていないんです」

「そういえば、確かに。梅雨も全然降らなかった……」

紬の言葉を聞き、村の様子を思い出してみる。

ああ、そうか。裏山の湧き水に違和感があったのは、水量が減っていたからだ。水もとても綺麗《きれい》で、雨が混ざった濁りなどもなかったように思う。

……つまりは、雨ごいのための生贄、っていうこと？

しかし雨が降るのは自然の摂理があるわけで、蛇ごときに天候を操れるとは思えない。

「雨を降らしてもらう代わりに、私は主様のものになる……そういう生贄です。何十年も前にも、同じことをしたのだと聞きました」

「でも、生贄なんて！」

私が声を荒らげると、紬は力なく首を振った。

「……これは、村の一部の大人だけしか知らないことなのですが……大昔に同じことがあったときは、村は毅然《きぜん》とした態度で生贄に反対したのです。そうしたら……主様は、村の幼子を攫《さら》いました」

「「――っ⁉」」

口元に手を当てて、思わず息を呑む。

雨ごいのための生贄を出さなければ、村の子供を攫うなんて――卑劣な。心優しい紬が、それを見逃せるとは思えない。

蛇を倒すことができなかったとはいえ、やるせなさが込み上げて私はぐっと拳を握りしめる。どうすればよかったのだろう。

でも、すぐに宗一がその答えを叫んだ。

「だからって、紬が生贄になる必要はないだろ⁉」

「大切な村民を生贄にできるわけないでしょう⁉」

宗一と紬、どちらにも譲れない気持ちがあるようだ。

村よりも紬を優先したい宗一と、自分よりも村を大切に考える紬。

……どっちが悪いというわけじゃないから、だからこそ難しい問題だよね。

部外者の私には、とてもではないが口を出せる雰囲気ではない。

帰る、帰らないと言い合う二人を見ながら、私はラウルに視線を向けようとして……ラウルを探す。

ラウルは腰の剣に手を当てたまま、気絶している大蛇を見ていた。

「ラウル、いつ目を覚ますかわからないから危ないよ」

近くにいたら、目覚めた大蛇が一瞬で襲ってくるかもしれない。いや、もし心優しい主様であれば、そんなことはしないかもしれないが。

……でも、紬に向けていたあれは……間違いなく悪役大蛇だったよね？

もうそれだけで大蛇を倒していいような気さえする。しかしそれは、大蛇を主だと思っている紬が納得しないだろう。

私がそんなことを考えていたら、ラウルが「やっぱりそうだ」と手を叩《たた》いた。

「この大蛇なんか見たことあると思ったんだけど、灰色岩スネークだ。珍しい蛇で、魔物とかが嫌うフェロモンみたいなのを出してるって聞いたことがある」

「えっ⁉」

まさかラウルが大蛇の正体を知っているとは……！

しかし、これでこの大蛇は魔物確定だ。山の主でもないし、雨を降らせることだってできはしないだろう。

私たちの声が聞こえていたらしい紬と宗一も、驚いてこちらを見ている。

「よし、今のうちにとどめをさしちゃおう！」

私がそう提案すると、突然ミシミシ……という音が聞こえてきた。見ると、大蛇――灰色岩スネークが、胴体の部分でキャンピングカーを締め付けていた。

「ぎゃー‼　私のキャンピングカーがっ‼」

思いがけない灰色岩スネークの攻撃に、私は慌てふためく。

普段はキャンピングカーに乗って魔物に体当たりしているため、こんな攻撃をされるのは想定外だ。

蛇の力はとても強いと聞いたことがあるうえに、灰色岩スネークは魔物なのだ。

……このままじゃキャンピングカーが粉々にされちゃう！

「わぁぁん、どうしようラウル！」

「いったんキャンピングカーをしまえ、ミザリー！」

「あっ、そうか！」

私はスキルを使ってキャンピングカーを消し、もう一度召喚をして自分の横へ出現させる。ちょっと車体がぼこっとなってしまっているけれど、無事だ。締め付けていた対象が突然消えたので、灰色岩スネークがよろめいた。

「よかった……！　みんな、早く乗り込んで‼」

しかし私が運転席に乗るよりも早く、灰色岩スネークが攻撃をしかけてきた！　それをラウルが剣で受け止める。

「俺が時間を稼ぐから、早く乗れ‼」

「わ、わかった！　宗一と紬も急いで‼」

私は運転席に、おはぎと宗一と紬は居住部分へ乗り込んだ。その間も、ラウルは必死に灰色岩スネークの攻撃を防いでいる。

が、さすがに巨体というだけあってラウルも苦戦している。

……でも、灰色岩スネークに隙がなくてラウルがキャンピングカーに乗れない。

どうすればいいか考えて、それなら灰色岩スネークを倒してしまえばいいのでは⁉　という名案がわからないような名案が脳裏に浮かぶ。

「ラウルを轢かないように、灰色岩スネークだけを轢く……！」

私は気持ちを落ち着かせるために、大きく深呼吸をしてまっすぐ前を見る。

今までキャンピングカーで魔物を倒すときは、いつも助手席にラウルがいてくれた。だからこそ、安心して倒すことができたのだろうと思う。

……ラウルが隣にいないだけで、こんなに不安になるとは思わなかった。

「ふ――。大丈夫、私ならできる。今までたくさんラウルと一緒に魔物を倒してきたんだから」

私は意を決しアクセルを踏み、ゆっくり加速し――灰色岩スネーク目がけて一気に突っ込む！

「ラウル、避けて‼」

「えっ⁉」

まさかの私の指示にラウルが焦るが、私のキャンピングカー体当たりについては知り尽くしてくれている。

ラウルはなんなく横に大きくジャンプして、灰色岩スネークの前を空けてくれた。

「これならいける!!」

私はさらにアクセルを踏み込み、そのまま灰色岩スネークに突っ込んだ——!!

いったい誰の悲鳴が聞こえたんだろうか。いや、きっと全員だろう。

キャンピングカーは無事に、先ほどと同じように灰色岩スネークの顔面に体当たりを成功させた。

「よっし!!」

ラウルを轢かず、灰色岩スネークにだけ体当たりをするというミッションが成功した。

慌ててハンドルを切ってUターンしてみると、灰色岩スネークは光の粒子になって消えていくところだった。

……やっぱり主じゃなくて、魔物だったよね。

私がほっと胸を撫で下ろすのと同時に、インパネから《ピロン♪》とレベルアップの音がする。

けれど、今はそれを確認している場合ではない。

私は急いでキャンピングカーから降りて、ラウルの元へ走る。

「ラウル、大丈夫だった!?」

「ミザリー！　怪我《けが》一つしてないから、大丈夫だ。ミザリーこそ、一人で灰色岩スネークに突っ込むなんてすごいじゃないか！」

「いやもう、無我夢中だったんだよ……」

正直に言えば、疲れ果てているのでこのまま座り込んでしまいたいくらいだ。

「あ、灰色岩スネークがいた場所に灰桜の鱗《うろこ》が落ちてる。これは装備の加工に使える素材だから、鍛冶屋と相談するのがいいかな」

「へぇぇ、綺麗な鱗だね」

灰色に少しピンクが混ざったような鱗は、灰色岩スネークの名前に似つかわしくないほど美しい。

……でも、仮にもみんなが主と思っていた蛇の鱗をもらってもいいのかな？

鱗を見ながら悩んでいると、宗一と紬、それからおはぎがキャンピングカーから降りてきた。おはぎは私の肩に飛び乗って、お疲れ様というように頬にすり寄ってくれる。

「まさか、大蛇を倒してしまうとは思いませんでした。すごいです、ミザリーさん。これで紬も救われました！　ありがとうございます!!」

「宗一！　でも、これじゃあ雨が……っ!!」

宗一の顔は晴れ晴れしているけれど、紬の顔は今にも大雨になりそうだ。

魔物を倒したのに一件落着と喜べないのはいただけない。どうしたものかと思っていると、洞窟内に幼い声が響いた。


『そなたたちが、ボクを助けてくれたのか？』


「「――え？」」

突然の第三者の、しかもこの場に似つかわしくない子供の声に驚いて声をあげた。

もしかして紬のほかにも先に連れてこられた生贄がいたのだろうか。そう思い紬たちを見るが、「知らない声です」と首を振る。

……村の子供ではない？

わけがわからず警戒を強めていると、声の発生源を突き止めたラウルが「あそこだ！」と叫んだ。見ると、そこにいたのは小さな――不思議な子供だった。

大きな葉っぱを一枚持った、黄緑色の瞳の男の子。

体の大きさは一メートルほどで、人型をしている。そう言い表したのは、その男の子が宙に浮いているからだ。

人間ではないということが、一目でわかる。

和装飾にファンタジーを取り入れたような衣装は、天狗《てんぐ》のような印象だろうか。大きなボンボンが胸のところに付いているのが可愛《かわい》らしく、高下駄《げた》を履いている。

『ふう……。あの蛇を退治してくれてありがとう。気持ち悪い匂いがして、出てくることができなかったのだ』

気持ち悪い匂いとは、きっとラウルが言っていた灰色岩スネークの魔物などを寄せ付けないフェロモンのことだろう。

『だが、これで昔のように山と村を見守ることができる！』

男の子がそう告げて手に持った葉で天を仰ぐと、さあああっと黒い雲が立ち込めた。雨雲だ。

『この山は枯れ果てそうではないか。せっかく美しい水源を持っているというのに……』

悲しそうな嘆きの声とともに、ザアアアアと雨が降り始めた。

まさに恵みの雨ではあるのだけれど、男の子が葉を振っただけで雨が降るとは思わなかった。

……いったい何者なんだろう？

私の疑問を汲《く》み取るように、紬が一歩前に出て跪《ひざまず》いた。

「私は南浜村の紬と申します。恐れながら――山神様でいらっしゃいますでしょうか？」

『ああ、いかにもである！』

「「「――！」」」

山神という言葉に、私とラウル、それから宗一が驚いた。

先ほどの主様と違い、雨を降らせたことと不思議な雰囲気からしても、きっと本物の山神なのだろうなと思う。

……というか、空気がピリピリしてる。

あの男の子――山神から発せられる威圧のようなものだ。

『ボクはずっとこの山を守ってきたのに、いつの間にかあの蛇が住み着いちゃってね。臭くて対処できなくて、困ってたんだよ。よく倒してくれたね、大儀であった！』

灰色岩スネークのフェロモンは、山神にも匂いが合わなかったようだ。神すら寄せ付けない匂いとは、恐ろしい。

『……さて。数日もすれば、山もいつもの状態に戻るであろう。人間の子よ、さらばだ！』

山神はそう言うと、風を纏《まと》ってその場から消えてしまった。

その一瞬の出来事に目を瞬かせ、今のは本当に現実だったのだろうか？　そう思ってしまったが、降り続く雨にそれが嫌でも現実だったのだと思わせられた。


「えーっと……。主の件も一応は解決したし、村に帰る？」

「「………」」

紬と宗一に問いかけるも、二人とも口を閉ざしてしまった。

……そうだよね。自分から言ったとはいえ、自分の村の人を生贄にするような村には戻りたくないよね。

戻ったとしても、村の人たちとの関係はぎこちないものになるだろう。

「灰色岩スネークは倒したとはいえ、本当の山神様が復活されたしその点は問題ないかな？　こうして雨も降っているわけだし」

私がなんとかなるのでは？　と思ったのだが、ラウルは難しい顔をしている。

「でもそうなると、村では紬さんが食べられたと思ってるんじゃないか？」

「あ、確かに……」

それはそれでよくないのではないだろうか？

さてどうしたものかと考えていると、宗一が決意を秘めた目で紬を見た。

「……俺はまだまだ未熟者で、そんなに強くはない。だけど、紬のことは一番知っているし、誰よりも守りたいと思っている。絶対に幸せにするなんて無責任なことは言えないけど、俺は紬と一緒にいるときが一番幸せだから……だから、村を出て、俺と結婚してください‼」

「宗一……」

宗一の言葉を聞いた紬の目に、じわりと涙が浮かぶ。

嬉《うれ》しくてすぐさま返事をしたいのに、思うように声が出ない、声にならないみたいだ。それはきっと、歓喜からきているものだろう。

紬は代わりにというように、転びそうになりながらも走っていって、宗一に抱きついた。

「……っ、紬!」

「宗一!」

二人がぎゅっと抱き合った瞬間、その周りだけ雨が止《や》んだ。

「「え……?」」

突然のことに、宗一と紬が戸惑って空を見る。すると、二人の真上だけ雨雲に穴が開いて、朝日が差し込んできていた。

「……山神様が祝福してくれてるみたいだね」

「そうだな。きっと、二人なら大丈夫だろう」

『にゃ!』

次の目的地へ！　～具だくさんのおにぎりと豆腐の味噌汁～

私が握るおにぎりよりも、紬《つむぎ》が握るおにぎりの方が形が綺麗《きれい》だ。

中にたっぷり具を入れるのは当然だけれど、大きめの海苔《のり》を巻いた後、てっぺんに中の具を載せてなんのおにぎりかわかるようにしているのも天才的だと思う。

おにぎりの具は梅干しを始め、昆布やイクラ、焼き鮭《じゃけ》を使っている。どれも美味しそうなので、全部食べたいくらいだ。

そしておにぎりは、私がロックフォレスで買った大皿に並べてもらっている。お皿が美しいと、料理の美味しさも倍増だ。


私たちは今、瑞穂《みずほ》の国の北部の山間にいる。

メンバーはもちろん、私、ラウル、おはぎ、紬、宗一だ。

大成功した宗一のプロポーズの後、私たちは南浜村には戻らなかった。

やはり村に戻るのは気まずいということと、宗一が「紬を簡単に生贄《いけにえ》にするような村は許せない！」と激怒したからだ。

紬がどうにか宗一を落ち着かせようとしたけれど、なかなか難しいようだ。

……宗一は物腰穏やかではあるけど、紬に関しては沸点がとても低いらしい。

しかし村を心配した紬は、こっそり蛇がいなくなったことを知らせる手紙を出していた。

まあ、そんなわけで、次の満月の道ができるまでこの場所でこっそり生活している、というわけなのです。

私たちの距離も縮まり、今では互いに呼び捨てにし、敬語など口調も気にせず接することができている。

「漬物も用意したぞ」

「俺も味噌汁《みそしる》をよそってきたぞ」

宗一とラウルがキャンピングカー内で用意していたおかずを持ってきて、テーブルの上へ置く。

漬物は集落の人に売ってもらったもので、味噌汁は豆腐とわかめを具材にして私が作りおきしたものだ。

「おにぎりももうできあがりますよ」

「すごく美味しそうにできたから、二人とも期待してて」

私が胸を張って告げると、ラウルが「お腹《なか》ぺこぺこ」と言って椅子に座った。

期間限定とはいえ旅仲間が増えたので、家事分担がとても楽になった。その分キャンピングカーの居住スペースは狭くなったけれど、四人とおはぎでも十分生活するスペースはある。

「「「「いただきます！」」」」

『にゃっ！』

私が真っ先に手にしたのは、いくらのおにぎりだ。

これは紬が醤油《しょうゆ》漬けしてくれたもので、ちょうどいい塩加減で食べやすいのだ。いくらは今まで見たことがなかったので、瑞穂の国の文化だろう。

頬張《ほおば》ると口の中でプチプチ弾《はじ》けて、濃厚な味が広がっていくのがたまらない。

ラウルは焼き鮭のおにぎりを頬張って、「うまっ！」と声をあげている。

「いくらでも食べられるな、これ」

「そう言っていただけると嬉《うれ》しいです」

紬が嬉しそうに微笑むと、すかさず宗一が「俺の嫁だから!!」と無駄にラウルにつっかかっている。

「わかってるって！　それにしても、この豆腐も美味《うま》いよな～！　この味噌汁、毎日飲みたいもん」

ラウルがそう言って私が作った味噌汁を褒めると、紬が「まあ！」と顔を赤くした。隣にいる宗一はニヤニヤした顔でラウルを見ている。

「ん？　なんだよ、二人とも」

意味が解《わか》らないとラウルが顔をしかめると、宗一が口を開いた。

「味噌汁を毎日作ってくださいっていうのは、この国の定番のプロポーズなんだよ」

「んなっ!!」

……そういえば、そんなプロポーズもあったね。

けれどラウルがそんな決まり文句を知っているわけがない――と思ったんだけど、なぜかラウルの耳が真っ赤になっていた。

「俺の国には味噌汁なんてないんだよ……！」

ラウルはそう叫んだけれどあまり説得力がなくて、思わず私まで釣られて赤くなってしまった。


それから再び訪れた満月の日。

私たちはキャンピングカーに乗ったまま、満月の道ができる鳥居の前に待機していた。もう少ししたら、海が割れて道ができる。

運転席にいる私とラウルは、ちらりと居住スペースに目をやって、コソコソ話す。

「本当に、村に寄らずに紬と宗一を連れてっちゃっていいのかな？」

「生贄になったとはいえ、紬の立候補だし、村の人たちだって必死だったんだろうし……」

二人して、う～んと悩む。

紬と宗一を連れていくのは簡単だけれど、二人が瑞穂の国に自力で帰るのは難しい。簡単に行き来ができるのは、私のキャンピングカーがあってこそだからだ。

……数カ月して、二人の気持ちが落ち着いた段階で様子を見に来るのがいいかな。それとも、お節介すぎるかなぁ。

私がそんなことを考えていると、満月の明かりに照らされて人影が見えた。

「あ、村長さん‼」

見知った人物に思わず声をあげると、紬の「えっ⁉」という驚いた声が聞こえた。

「紬、どうする？」

私が声をかけると、紬は悩みながら運転席に顔を出した。ラウルが助手席を譲り、居住スペースへ下がる。

紬が助手席にきたことに、村長が気づいたようだ。距離があってあまり見えないけれど、うっすら涙を浮かべているようだ。

「……私は、自ら生贄に志願したんです。村を守りたくて」

「うん」

「お父様も、それに反対はしませんでした」

「村長として決断しなければいけないことが、きっとあったんだろうね」

「はい。…………だけど、自分で名乗り出たはずなのに、お父様に引き留めてほしかったのかもしれません。自分勝手ですね、私」

「紬……」

私は「そんなことない」と、紬の肩を抱きしめる。

「村のことを考えるのはすごく大変で、決断なんてなかなかできることじゃないよ。……私だったら、生贄になんてなりたくないから逃げ出しちゃう」

立ち向かった紬は勇気があって、とてもすごいと思う。

「家族の愛情と、村を預かるものの責任。どちらも大切で、判断が難しいよね」

「……はいっ」

紬の目から大粒の涙がこぼれるのと同時に、海が割れて満月の道ができた。

今ならまだ、紬は村に戻れるはずだ。

山神様も戻ってきたのだし、今なら村長も宗一との結婚を認めてくれるのではと思う。

「ミザリー、行きましょう」

「え」

思いがけなかった紬の言葉に、私は思わず変な声が出た。

「いやいやいや、村長さんが迎えにきてくれたんだよ……？」

……ここは和解？　をして帰るシーンでは？

「いえ。私はまだ未熟者なので、村を少し離れます。……私の生贄に賛成した村の人たちも、どう接したらいいか困るでしょうし。私がもう少し成長できたと思ったときに、どうするかもう一度考えようと思います」

「……そっか。紬がそう決意したなら、私はそれに従うよ」

家族と縁を切った私では、何を言っても説得力もないだろう。

紬は助手席に座ったまま、村長に向かって礼をした。すると、村長も深く腰を曲げて礼を返した。

まるで、「いってきます」と「いってらっしゃい」のようだ。

「……じゃあ、出発しようか」

私はそう告げて、静かに走り出した。


そして満月の道を爆走し――サザ村へと戻ってきた。

今回は夜通しの運転ではなかったので、道中で寝ることができた。

というのも、灰色岩スネークを倒した際のレベルアップで、自動運転が実装されたのである！

しかしどこでも自動運転が使えるわけではなくて、通ったことのある道のみ、という制約がついていた。

……だから、使える状況は少ないんだよね。

しかし真夜中ずっと運転しなければいけない満月の道では、とても重宝した。また瑞穂の国へ行くときも自動運転にお任せできるので、快適な旅が約束されているのだ。


「本当にサザ村でいいの？　もう少し大きい街に送ることもできるよ？」

「……いえ。もし村から誰かがきたら、話を聞くことができるかもしれませんから」

まだ会うのは気まずいけれど、人伝《ひとづ》てに少しずつ自分のことを伝えてほしいとは思っているみたいだ。

「だけど、それだといったいどれだけ待つかわからないよ？　次の満月の日に、私が行ってこようか？」

「いえ。……今回のことは、私たちの未熟さへの罰でもあるんです。山神様ではない魔物を主様だと信じた愚かな私たちは、そう簡単に許されたり楽をしたりしていいわけがないんです。ミザリーのお気持ちだけいただいておきます」

そう言って微笑んだ紬の決意は固いようで、私は「わかった」と頷《うなず》くことが精いっぱいだ。

どこか落ち込んでいる様子の紬の肩を宗一がそっと抱き寄せて、こちらを見た。

「ミザリー、ラウル、本当にありがとう。俺は君たちに救われたし、村を出た後はおはぎの可愛《かわい》さに紬も気を紛らわせることができた。これからは二人、蕎麦屋《そばや》か何かしながら、落ち着いた暮らしをしようと思う」

「そっか。でも、楽しそうでいいな。宗一の蕎麦《そば》は美味いから、いいと思う」

今度食べに来るとラウルが宗一と約束している。

私も宗一のお蕎麦は好きなので、蕎麦屋をやってくれるのはとても嬉しい。もちろん食べにくるけれど、ぜひ麺の販売もしてほしいところだ。

「それじゃあ、私たちも次の目的地があるので行きますね」

「はい。ありがとうございました」

本当はサザ村で二人の生活が安定するまでお手伝いをしたりしたかったのだけれど、紬に「甘やかさないでください！」と言われてしまったのだ。

……でも、きっと二人一緒だから大丈夫かな？

「おはぎちゃんもありがとう。一緒に遊べて楽しかったです」

『にゃう』

紬がおはぎに別れの挨拶をすると、おはぎが紬の鼻に自分の鼻をちょんとくっつけた。猫流の挨拶だ。

「それじゃあ、またね！」

「絶対に蕎麦を食べに来るから、頑張れよ！」

『にゃ！』

「ありがとうございました。ミザリー、ラウル、また会いましょう！」

「これからは家族になった紬を守るため、俺も全力で頑張る！　二人も道中気をつけるんだぞ！」

朝陽が昇り始めているサザ村で別れ、私たちは次の目的地――ラウルの故郷に向けて出発した。

別れか、朝日か、なんだかとても目に染みた気がした。

ラウルの故郷

サザ村からキャンピングカーを走らせ、私たちはシーウェル王国の西部にやってきた。ここにラウルの故郷があるからだ。

「う〜〜、久しぶりすぎて、緊張する」

「家に帰るだけなのに？」

『にゃう？』

カーナビを見ると、ラウルの故郷――リーフラック村まではもう目と鼻の先だ。

「そろそろ到着するよ？」

「わかってる、わかってるけど……!!」

ラウルがうーうー唸《うな》っているのがなんだか面白くて、ついつい笑ってしまう。

「ほら、キャンピングカーを降りて歩いて行こう。みんなに都でお土産だって買ったんだから。ね？」

「…………そうだな」

一大決心をするように、ラウルは頷《うなず》いた。

リーフラック村は、自然が豊かすぎるとてものどかな村だった。

村を守るように周囲は外壁があるのだけれど、そこに蔦《つた》がはっていて、まるでおとぎ話に出てきそうな雰囲気だ。

木造の家がいくつも並び、村の中は花壇があって可愛《かわい》らしい花が飾られている。決して都会ではないけれど、落ち着いた豊かな生活ができているのだろうことがわかった。

……ラウルは帰るのを渋ってたけど、とってもいい村。

私たちが村の入り口に差しかかると、近くにいた青年が「ラウルか⁉」と声を荒らげた。どうやら村の自警団の青年みたいだ。

「なんだ、帰ってくるなら連絡の一つも寄こせ！　母さんたち、すごく心配してたんだぞ。年一しか手紙も寄こさないで……」

「あー、ごめん」

めっちゃくちゃ喋《しゃべ》る青年に、ラウルが圧倒されている。

……もしかして、ラウルの家族なのかな？

なんだかいつも見ない光景で、故郷だとこんな感じなのか……と思っていると、青年の目が私を捕らえた。

「でも、まさか久しぶりの帰郷が結婚報告とは驚いたぜ！」

「――っ⁉」

「違う!!」

まさかの言葉に驚いて、私は目を瞬かせた。

ラウルは慌てて否定したけれど、その顔は赤い。「またまた〜」なんて揶揄《からか》われている姿も、なんだか新鮮だ。

「……って、紹介もしてなかったな。ミザリー、俺の二番目の兄貴だ」

「ミザリーです。こっちはおはぎ。ラウルとは、冒険者としてパーティを組んでいます」

『にゃう』

「冒険者仲間だったのか。俺はラウルの兄、レイルだ」

よろしくと握手を交わすと、「んじゃ家に行こうぜ」とレイルが歩き始めた。なんというか、ラウルの家族は勢いがすごそうだ……！


「「「きゃ〜〜、ラウルの彼女!?」」」

「いえ、パーティを組んでいただいている冒険者です」

ラウルの家についたとたん、女性陣に囲まれてしまった。

家族構成は父母、長女、次女、長男、次男、三女、そしてラウルの八人家族だ。とても賑《にぎ》やかで、みんながラウルのことを可愛がっていることがわかる。

「みんな、ミザリーが困ってるだろ！」

「でも気になるんだもん！」

「どうしてラウルとパーティ組もうと思ったの？」

「うちの弟、こう見えても意外とできる男なんだよ！」

「このまま二人で村に住むのかしら？」

「……はあ」

容赦ない女性陣の質問に、ラウルはため息をついた。女性のマシンガントークには、とてもではないが付いていけないらしい。

私はアハハと笑いながら、ここへ来た経緯を説明する。

「ラウルがあまり家族と連絡を取ってないと言ってたので、顔を見せた方がいいんじゃないかなって。私もこっちの方は来たことがなかったので、いろいろ見て回れていいかな……と」

「そうだったの。心配していたから、ラウルを連れてきてくれて嬉《うれ》しいわ。ありがとう、ミザリーちゃん」

「いえいえ……」

特にお母さんはラウルのことが心配だったようで、とても感謝されてしまった。

……だけど、彼女とか言われるのは少し困っちゃうよ！

ラウルとは別に、まだそういう関係ではないし……。

「あーもう！　姉ちゃんたち、あんまりミザリーを困らせないでくれよ。ほら、これやるから」

「「「お土産!?」」」

ラウルが都で購入したお土産を取り出したら、全員がばっと飛びついた。

やはり瑞穂《みずほ》の国のものは珍しいようで、「すごい！」と楽しそうにしている。それを見て、ラウルの頬も嬉しそうに緩んだ。

私はラウルの横に行って、こっそり声をかける。

「喜んでもらえてよかったね」

「ああ。ミザリーのおかげだな、サンキュ」

「私なんて、別に大したことしてないよ」

みんなが喜んでくれているのは、ラウルが一生懸命お土産を選んだからだ。

すると、今度は二人の兄が「俺たちにはないのか⁉」とラウルに詰め寄ってきた。その目はギラついていて、切実に都会のお土産を求めているみたいだ。

「ちゃんと買ってきてるよ。ほら、瑞穂酒っていう酒だ。味が好みかはわからないけど……」

「おお、今夜は宴会だ！」

「母さん、今日はご馳走《ちそう》にしよう！」

「はいはい」

まだ昼過ぎだというのに、みんなの頭は宴会になってしまったようだ。つまみを買いに走ったり、料理を始めたり、あっという間に大忙しになってしまった。

その様子を見たラウルは呆《あき》れているけれど、「仕方ないな」とどこか嬉しそうだ。

「ミザリー。家に居ても落ち着かないし、散歩でもするか？」

「うん！　ラウルの育った村だし、見てみたいな」

「そんないいもんじゃないけどな」

苦笑しながらも案内してくれるらしいラウルに、私は笑いながら付いていった。

村の一番奥に行くと大きな木があって、その太い枝から手作りのブランコがぶら下がっている。どうやらここは子供の遊び場になっているようだ。

「このブランコ、まだあったのか」

「昔からあるの?」

「ああ。俺が小さい頃に、親父《おやじ》が作ってくれたんだ」

「そういえば、ラウルのお父さんは大工だって言ってたもんね」

ラウルがブランコの紐《ひも》を持つと、おはぎがぴょんと飛び乗った。ゆらゆら動くブランコが気になったみたいだ。

「お、上手《うま》いなおはぎ」

『にゃっ』

ラウルが軽くブランコを手でこぐと、おはぎは『にゃ〜っ!』と驚きつつも楽しそうにしている。

「そういえば、お父さんは家にいなかったね」

「たぶん大工の仕事じゃないかな? 夕飯前にはかえって来ると思うけど——って、親父⁉」

ラウルが驚いて私の後方を見たので振り向くと、がっしりとガタイの良い男性が立っていた。オレンジの髪は、ラウルと同じ色だ。

「やっと帰ったのか、ラウル」

「……ああ」

短い言葉を交わすと、二人の間に沈黙が流れた。

……久しぶりの再会を噛《か》みしめてる、っていう感じ……ではないね？

私は嫌な汗が出るのを自覚しつつ、このままでは駄目だと思い「初めまして！」とラウルのお父さんを見る。

「私はラウルと一緒にパーティを組んでます、冒険者のミザリーです」

「…………嫁じゃないのか？」

「よ、嫁ではないです」

ラウルの家族みんな、私のことをそんなに嫁にしたいのか⁉　思わず顔が赤くなる。

「「「…………」」」

今度は三人の間に沈黙が流れてしまった。

そんななか、最初に口を開いたのはラウルの父だ。

「母さんが随分心配していたぞ。しかし、その様子だとまた村を出るつもりか？」

「……ああ。今回は顔を見せに寄っただけだ。自分で言うのもなんだけど、俺は強くなったつもりだ。それに、いろいろな場所を旅したいっていう目標もできた」

今後のことを語るラウルの瞳はなんだか期待に満ちていて、キラキラしている。私がいろいろなところを見て回りたいと思っていたことが、ラウルの目標にもなっていたことが嬉しい。

ラウルの言葉に、父は軽く目を開いた。

「甘ったれた子供だとばかり思っていたが、成長したか」

「そりゃあ、もう村を出て四年だからな。俺だって、いろいろあったんだ」

最初は魔物を倒すのも下手だったけれど、冒険者ギルドに登録して弱い魔物から順番に討伐依頼を受けていったのだろうラウルが話す。

「今度は、家族が魔物に襲われても助けることができる。俺はそれだけの力を手に入れたんだ」

そう言って、ラウルはぐっと拳を握った。

……ラウルが冒険者になった理由は、魔物から家族を守る力を手に入れるためだったんだね。

「それなら村に居なきゃ意味がないだろうが」

「そ、それは……」

父の正論パンチに、ラウルが口ごもった。

家族を守れるだけ強くなっても、家族の側《そば》にいないと魔物に襲われたとき助けられないもんね。

矛盾しているラウルに、私は苦笑する。

だけど、家族を守る以外の冒険者をする目標があるのはいいことだと思う。

しどろもどろしているラウルを見て、父がふっと笑った。

「わかっている。確かに母さんが魔物に襲われたことはあるが、この村の近くは滅多《めった》に魔物が出ない。それにラウルがいなくても、家族を守るのは家長である俺の務めだ」

父はそう言うと、ラウルの元まで歩いてきて頭をぽんと撫《な》でた。

「それに……」

そして次に、父は私を見てふっと口元を緩めた。

「……？」

「いや、なんでもない。また冒険者として旅に出るのもいいが、たまには二人で顔を見せに来なさい。みんな喜ぶ」

『にゃ』

「ん？　ああ、お前も来るといい。歓迎のミルクを用意しておこう」

『にゃっ！』

おはぎのことも迎え入れてくれていて、私の頬も緩んだ。


父は仕事の休憩中だったらしく、仕事に戻っていった。今日は宴会なので、いつもより早めに帰ってきてくれるそうだ。

私はおはぎを膝に乗せて、ブランコに座ってラウルを見上げる。

「ラウルのことを尊重してくれる、いいお父さんだね」

「……そうだな。っていうか、ごめんなミザリー」

「うん？」

突然の謝罪に、私はいったいなんのことだろうと首を傾《かし》げた。特に謝罪される理由が思い当たらない。

「いや、親父までミザリーのこと嫁とか言って……。見ての通り田舎だからさ、すぐ結婚に話を結び付けようとするんだ」

ラウルは頭をかきながら、「ああもう」と顔を赤くしている。

「あーなるほど……」

しかしよく考えてみれば、家を出てしばらく帰っていなかった年頃の男が女性と一緒に帰郷したのだから……家族の誤解も致し方ないのかもしれない。

……というか、私も軽率だったのでは!?

「ううん。私こそ、ほいほいついてきちゃってごめん。なんていうか、ラウルに迷惑かけちゃってるよね」

「そんなことない」

私が若干自己嫌悪に陥ると、すぐさまラウルがフォローしてくれる。

「ラウル……」

「あー、まあ、とりあえず宴会だしもう少し村を見て家に戻るか。ほら、行こうぜ」

「……うん」

ラウルが手を差し出してくれたので、私はその手を取ってブランコから立ち上がる。おはぎは器用に私の肩を伝い、頭の上に上ってきた。

「せっかくだし、村に一軒だけある道具屋にでも行くか？　調味料とかあるし、何かミザリーの気になるものがあるかも」

「う、うん」

ラウルの手を取ったのはいいものの、離すタイミングを失念してしまった。私はラウルに手を引かれたまま、歩き出した。

……たぶん、ラウルも無意識で手を繋《つな》いだままなの気づいてないかも。

「…………」

ドキドキしているけど、こういうのもいいかもしれないなんて……そう思ってしまった。

そして翌日には手を繋いで歩いていたという話が村中に広まっているということは、このときの私はまだ知る由もない。

あとがき

こんにちは、ぷにです。『悪役令嬢はキャンピングカーで旅に出る 〜愛猫と満喫するセルフ国外追放〜』３巻をお手に取っていただきありがとうございます。

今回もご飯盛りだくさんで、お腹が空きつつ、温泉旅行にいきたいな……と夢を見ながら書いておりました（笑）。

よくよく思い出してみましたが、温泉なんてもうしばらく行っていませんでした……。冬あたり、落ち着いたら行ってみたいですね。

２巻で出会った冒険者の故郷、瑞穂《みずほ》の国の大冒険です。

食材・調味料と、ミザリーの欲を刺激するものがたくさん出てきます。

キャンプ飯はお手軽に作るのもいいですが、凝ったものを作るのもまた楽しいですからね。ミザリーの料理を食べられるラウルが羨ましいです。

そしてミザリーとラウルの恋愛面がちょっとだけ（本当にちょっとだけ）進展です。番外編の書下ろしも、気づけば二人が仲良くて楽しく書くことができました。

もしかしたらくっつくのも時間の問題かもしれませんね……!?（本当か……!?）

イラストを担当してくださったキャナリーヌ先生。

着物の二人がとっても可愛い&格好よく、口絵を見た瞬間、変な声が出ました（笑）。食べ物もとっても美味しそうで、お腹もぺこぺこです。素敵なイラストをありがとうございます！

地図イラストを担当してくださった今野《こんの》隼史《たかし》先生。

個人的に、瑞穂の国へ向かう月の道のところの雰囲気がとってもお気に入りです。ほかにも砂漠の中のオアシスや、瑞穂の国の料理や小物類もとっても可愛いです。ありがとうございます！

担当してくださった阿部さん、藤原さん。

やはり今回もたくさん助けていただきました……!! ありがとうございます!! そして本書に関わってくださった全ての方、読者の方、本当にありがとうございます。少しでも楽しんでいただけましたら嬉しいです。

DRE NOVELS

悪役令嬢はキャンピングカーで旅に出る3
～愛猫と満喫するセルフ国外追放～

2024年7月10日　初版第一刷発行

著者　ぷにちゃん
発行者　宮崎誠司
発行所　株式会社ドリコム
〒141-6019　東京都品川区大崎2-1-1
TEL　050-3101-9968
発売元　株式会社星雲社（共同出版社・流通責任出版社）
〒112-0005　東京都文京区水道1-3-30
TEL　03-3868-3275
担当編集　阿部桜子・藤原大樹
装丁　AFTERGLOW
印刷所　TOPPANクロレ株式会社

Printed in Japan
ISBN978-4-434-34125-0

ファンレター、作品のご感想をお待ちしております。
右の二次元コードから専用フォームにアクセスし、作品と宛先を入力の上、コメントをお寄せ下さい。
※アクセスの際に発生する通信費等はご負担ください。

呪われ料理人は迷宮でモフミミ少女たちを育てます

棚架ユウ
［イラスト］るろお

　子供を助けて死んでしまった褒美に、神によって異世界へトールという名前で転生することになった鈴木浩一。

　魔物を料理できるチート魔法を授かったものの、彼を売ろうとしていたクズ親が死んでしまい、天涯孤独のサバイバル生活を強いられる。

　そんな折、瀕死状態となった2人の獣人の子供を見つける。自らの生活も苦しい状況だったため、本来であれば関わらないのが一番だが——

「俺に、モフミミを見捨てるなどという選択肢は存在しない！」

　獣人幼女達と共に魔物を喰らいつくす冒険が幕を開ける！

転生もふもふ令嬢のまったり領地改革記
―クールなお義兄様とあまあまスローライフを楽しんでいます―

藍上イオタ
[イラスト] 玖珂つかさ

　孤児だった自分を育ててくれたルナール侯爵家への恩返しのため、望まぬながらも王家へ嫁いだ王太子妃ルネ。しかし彼女は王家を誑かしたという冤罪で革命軍に斬首されてしまう。そんな不遇な人生を見かねてか、領地を守るキツネの大精霊によって人生のやり直しが許されることに。しかも今度は精霊の声を聞く、キツネ耳のケモ耳幼女として。
　キツネの精霊の知恵を使い、領地を豊かにするべく奔走する中、嫌われていたと思っていたお義兄様から今度は溺愛されるようになり……!?　もふもふ幼女と溺愛お義兄様が幸せを掴みに行く転生逆転もふあまストーリー。

DRE NOVELS